Theodor

Aus altrömischer Zeit

SALZWASSER
VERLAG

Theodor Simons

Aus altrömischer Zeit

1. Auflage | ISBN: 978-3-75251-060-7

Erscheinungsort: Frankfurt am Main, Deutschland

Erscheinungsjahr: 2020

Salzwasser Verlag GmbH, Deutschland.

Nachdruck des Originals von 1868.

us altrömischer Zeit.

Culturbilder

von

Theodor Simons.

(Uebersetzungsrecht vorbehalten.)

Berlin.

Verlag von Alexander Duncker,
Königl. Hofbuchhändler.

1868.

Seinem lieben Freunde

Herrn Karl Piloty,

Professor an der königl. Akademie der bildenden Künste zu München,

gewidmet.

Ein Gladiatorenkampf

und

eine Thierhetze in der Arena zu Pompeji.

79 n. Chr. G.

**Der Theaterzettel. — Die Arena. — Der Kampf. —
Die Pause. — Die Hetze. — Ende.**

Motto: Ave Caesar! morituri te salutant.

1

Der Theaterzettel. [1]

„Wenn es die Witterung erlaubt, wird die Gladiatoren=
bande des Aedilen Suetius Certus am 31. Juli in der
Arena zu Pompeji einen Gladiatorenkampf aufführen.

„Auch sollen Thiere gehetzt werden.

„Der Zuschauerraum ist gedeckt, [2] und wird be=
spritzt."

So lautet die Anzeige, welche seit drei Monaten an
allen Straßenecken, an den Säulen der Markthallen und
der Tempel, an den Wänden der Thermen und des
Forums, sowie des Gebäudes der Eumachia in Pompeji
zu lesen ist, und seit drei Monaten die Bewohner der
Stadt in fieberhafter Aufregung und Spannung erhält.

Wenn es die Witterung erlaubt. — Doch seit drei
Tagen fällt der Regen in Strömen. Morgen soll das
angekündigte Schauspiel zu Ehren der Manen des ver=
storbenen Vaters des Aedilen Certus vor sich gehen; ein
lauer Süd=West jagt Wolke über Wolke vom nahen Meere
herüber, den Gipfel des Vesuvs decken graue Nebel,
kein Sonnenstrahl dringt durch die trübe Atmosphäre.

Die Noten auf welche die Ziffern hinweisen, befinden sich
am Ende jeder Erzählung.

Hekatomben sind bereits dem Jupiter Pluvius geopfert, der Tempel der Ceres hieß ein Blumenmeer, die Sacella der Penaten flammen in bläulichem Scheine. Umsonst! Die Götter wollen sich des klagenden Volkes nicht erbarmen, die Wolken fliegen über die Campania felix, und tränken die lechzenden Fluren mit dem erfrischenden Naß. Pompeji trauert.

Plötzlich gegen Abend hellt sich der Himmel auf, die Dünste vertheilen sich, und Phöbus in seinem goldenen Sonnenwagen bricht sich mit den kräftigen Rossen Bahn. Ein Schrei des Jubels durchtönt Pompeji. Seht Phöbus kommt, Dank dir o Zeus! Heil dir Minerva! so rufen alle Kehlen. Die Ostien der Gebäude werden bald mit Opferschalen geschmückt, in denen köstliche Essenzen dampfen, denn der Kampf wird nun stattfinden!

Fremde aus allen Gauen des römischen Reiches sind bereits angekommen, das Wirthshaus[3]) „zum Elephanten" in der Freudengasse von dem Freigelassenen Sittius angekauft und renovirt, wie es das Aushängeschild besagt, das des Albinus am Herculaner Thore, sowie das des J. Polibius am Fuße des Serapeums fassen kaum die vielen Gäste. In den Markthallen, in den Prostylen der Tempel, auf den Treppen des Forums lagern die herbeigereisten müden Landleute, den kommenden Tag mit Ungeduld erwartend.

Die schlafenden Kinder wälzen sich unruhig auf ihrem Pfühle, sie träumen von Bären, Panthern und Löwen; hunderte von Sclavinnen ordnen im Ergastulum die Festgewänder ihrer Herrinnen, welche lange in höl-

zernen Truhen geruht haben, und nun mit frischen Sticke-
reien und Goldtressen behängt werden. Alles ordnet,
rüstet, putzt.

Endlich graut der langersehnte Morgen, die glänzenden Sterne sind vom blauen Firmamente verdrängt,
und ganz Pompeji ist auf den Füßen. Die Prima Curia
in der Basilika hat ihren Urtheilsspruch verschoben, die
Handwerker feiern, die Schulen sind geschlossen.

Geschäftige Dienerinnen senken die glimmende Asche
des häuslichen Heerdes in eherne Gefäße, damit dem
veröbeten Hause keine Gefahr drohe, die Thüren werden
mit frischem Grün behängt, die Straßen mit wohlriechen-
dem Oele besprengt.

Schöne Frauen in prächtigen Sänften; Greise und
Kinder; Herren und Sclaven; alle eilen der am Ostende
der Stadt, hart an der Mauer belegenen großen Arena
zu. Selbst Kranke und Sieche, ihre Schmerzen und
Gebrechen für heute vergessend, schließen sich der jauchzenden Bevölkerung an, die rastlos sich zur Arena hinabwälzt, um die besten Plätze zu erkämpfen. [4])

Wir folgen der lärmenden geschwäzigen Menge,
denn Freund Polonius hat uns Sitze in seiner Loge
angeboten, welche wir dankbar benützen wollen.

Je näher dem Schauplatze, desto dichter wird das
Gedränge, denn alle auf den Platz ausmündenden Straßen
speien Fluthen von Menschen aus, die von verschiedenen
Richtungen kommend dem Amphitheater zusteuern. Schon
sind wir, die kleinen Nebengäßchen klug benützend, im
Angesicht der schwarzen hohen Umfassungsmauer auf

mächtigen Bögen von sicilianischen Quadern aufgebaut. Der Menge folgend erklimmen wir, die große Treppe, welche zu der obersten Gallerie des dachlosen Gebäudes führt.

Durch eines der vierzig Vomitorien uns nach innen wendend, überfliegt das Auge plötzlich den weiten Plan unten in der Tiefe, auf welchem der Kampf stattfinden soll. —

Die Arena. [5])

Unser Blick steigt staunend an den zahlreichen marmornen Sitzplätzen empor, auf denen Tausende und abermals Tausende in unbezähmter Neugierde den Scenen blutiger Niederlage, beispielloser Todesverachtung, wilder Tapferkeit und Geschicklichkeit, beizuwohnen gekommen sind. Ueber Allen thront der mächtige Vesuv, der leichte graue Wolken zum tiefblauen Firmamente emporwirbelt. Den Zuschauerraum schützt das, an hohe Masten befestigte Zeltdach vor den glühenden Strahlen der Juli-Sonne. Den elliptischen, von einer hohen Umfassungsmauer [6]) mit schützendem Drahtnetze umgebenen Kampfplatz deckt sorgfältig geglätteter mit Asche untermischter Sand, welcher die Blutströme aufsaugen soll, die der Aedile Certus den Manen seines verstorbenen Vaters zu Ehren heute fließen lassen wird.

Welcher Anblick auf die von Leidenschaften jeder
Art bewegte Menge! Gleich dem Summen von Millionen
von Bienen schlagen Töne an unser Ohr. Die Bänke
sind durch Gänge nach dem Mittelpunkte der Ellipse
strahlend, in einzelne keilförmige Logengruppen oder
Cuneen abgetheilt, die sich nach unten verengen und neh=
men zwischen der oberen und mittleren Gallerie den größten
Theil der Zuschauer auf. In langgestreckten Bögen sitzt
hier Kopf an Kopf der Pöbel von Pompeii in farben=
und schmuckloser Gewandung. Wir stehen über den Logen
der Armen, der Sclaven, der Tagelöhner, der Hand=
werker, kurz der arbeitenden Klasse. Im Durcheinander
die Färber, Bäcker, Goldschmiede, Obsthändler, Gemüse=
händler, Stellmacher, Marktleute, Walker, hier auch die
Gilde der Maulthiertreiber, die halbnackten Sackträger
mit schwieligen Händen, weiter unten gemeine Soldaten
der zweiten Legion, dann auch die Köche, die Arbeiterinnen,
Stickerinnen und Webermädchen, endlich noch die Schaar
der Landleute.

Welches Gebrüll, Gelächter und Rufen, welche zwei=
deutige Sprache, welches Lärmen, Schreien, Toben!
Jeder Neueintretende wird mit Spottrufen begrüßt; wilde
Töne, welche auf allen Bänken ihr Echo finden, bekunden
die Abkunft dieser versunkenen Menge.

Verlassen wir unsern Standpunkt, und steigen die
fünfzehn Stufen abwärts, welche uns noch von den Logen
des Mittelstandes trennen. Die Gesellschaft ist eine ge=
wähltere, die Gewandung eine ausgesuchtere; künstlicher
Kopfputz, Armspangen und Geschmeide, getragen von

schönen Frauen aus dem Bürger-, Beamten- und Künstler-
stande, verschiedenartige Mundarten charakterisiren unsere
jetzige Umgebung.

Seht dort in der Loge zur Rechten den grauköpfigen
Alten: Atimetus der Silberschmied mit seiner Gattin Caffia.
Vom einfachen Arbeiter hat er sich durch seine Kunst-
fertigkeit und Geschicklichkeit zum vollendeten Meister erhoben. Seine getriebenen Gefäße erregen die Bewunderung
der Welt. Der Ruf seiner Kunst erstreckt sich selbst bis
nach Arabien und Persien. Doch was ist es, was des
greisen Mannes Stirne umwölkt? Sein einziger Sohn
Mutius verpraßt zu Rom in Gesellschaft schlechter Genossen, die Ersparnisse des alten Vaters.

Und hier links in der kleinen Loge die vier Frauen
herausfordernd im Blicke?

Die ältere ist Marcia [7]) die Tänzerin, von der die
Inschrift sagt:

„Glücklich der liebt, verwünscht der geizet mit
Liebe, doch Fluch dir Marcia, die du Liebe
verkaufst, um schnöden Geldes Gewinn!"

Sie bewohnt ein kleines Häuschen, hinter dem Capum
boarium hart an der Stadtmauer. Neben ihr drei ihrer
Pflegebefohlenen: Amarillis, die viel bewunderte mit den
rothen Haaren; Atlante, die schwarzäugige Griechin von
der Insel Chios, dann die dicke Heraclea aus Neapel.
Ihr Buhle sandte gestern die Tesserae zum freien Eintritt
in eine der Logen. Weiter unten Vitalis, die schöne
Tochter Pulchers [8]) des Wollenwebers vor dem Nolaner
Thore. Neben ihr die schwatzhafte Florentina; auch

Januaria und Doris, Maria Russa und Damalis mit ihrer Zwillingsschwester Epaphra, Stickerinnen aus dem Peristyl des Bandwirkers Cola.

Von jungen Künstlern und Schülern: Amiantus, Tertius, Cyrillus, Claudius, Cittus, Staccus und Hediosus umschwärmt, verabreden sie scherzend für den Abend ein Stelldichein in den Gärten der neuen Thermen, um bei Tanz und Spiel, Honigkuchen und Falerner Wein zu genießen.

Dort tritt eben die schöne Abigail ein, des reichen Juden Meroab⁹) einziges Töchterlein, in Seide und kostbare Spitzen gehüllt. Es erglänzt ihr schöner Nacken in den seltensten Perlen des Morgenlandes. Um ihre Gestalt würde selbst eine Juno sie beneiden, wenn sie nicht — hinkte. Meroab, ihr Vater der Juwelenhändler macht jährlich Reisen nach Arabien und Persien, von wo er die feinsten Steine und Geschmeide zurückbringt. Züchtig schlägt Abigail die Augen nieder, denn Pompeji's Frauen blicken mit Verachtung auf das schöne Judenmädchen.

Draußen in der Gräberstraße, dem äußersten Winkel der Vorstadt Augusta felix in einem kleinen, stillen mit Schlingpflanzen und wilden Reben bewachsenen Hofe, stehen in der Mauernische zwei leere Aschenkrüge. Auf der einsamen Hermencippe lesen wir die Worte:

„Dem in den Flammen umgekommenen Nolanus widmet dieses Denkmal die trostlose Gattin."

Nolanus der Bildhauer starb bei einem Gastmahle nebst drei seiner Freunde plötzlich an Gift; eine Stunde später stand das Triclinium des Hauses in Flammen. Seine Wittwe Romula legte Trauerkleider an und opferte mit ihren Sclavinnen während sieben Tagen und sieben Nächten den Manen des im Feuer umgekommenen Gemahls. Die Flammen hatten jede Spur ihres Gattenmordes vernichtet.

„Seht sie nun dort in der vorderen Loge, die trostlose schöne Wittwe Nolan's an der Seite ihres zweiten Gemahls.“

„Reich' mir Wasser, Knabe, ein brennender Durst verzehrt meine Lippen.“

Also spricht Holconius, in Pompeji der Seher genannt, von Fieberschauern geschüttelt auf dem harten Pfühle seines Cubiculum liegend, zu dem am Fuß seines Lagers kauernden Sclaven.

„Unmöglich ist es mir Herr, dir den Labetrunk zu reichen, der Krug ist leer, das Triclinium verschlossene und auf der öden Gasse bemerke ich keinen Lebenden, der mir Wasser aus dem nahen Brunnen schöpfen könnte!

„Wo ist Januaria, des Hauses Wirthin, wo sind meine Kinder?“

„Dein Weib und deine Kinder sind seit frühem Morgen hinaus in die Arena zur Thierhetze des Certus.“

Der arme Sterbende von den Seinigen verlassen und vergessen, starrt mit leeren Blicken in den öden Raum.

Da plötzlich tönt es, wie das Rollen fernen Donners, es bebt die Erde, denn ein Stoß erfolgt, und noch ein Stoß, daß die thönerne Lampe vom Gesimse stürzend auf dem Mosaikboden zerschellt, und die Thüren des Hauses in den Angeln seufzen.

„Was war das, Knabe?" stöhnt der Sterbende, „mir dünkt die Erde geht in Trümmer."

„Beruhige dich Alter, es war ein Windstoß, der das Haus erfaßte," antwortet der Sclave.

Holconius erhebt die mageren Hände, eine letzte Gluth leuchtet aus den Augen des Sehers, und in Verzückung spricht er weiter:

„Sieh' dort, mein Sohn, wie der Berg aufschwillt, aus seinem offenen Rachen blitzt und zuckt es, aus seinen Brüsten quillen zähe lange Feuerströme, auf ihrem Wege Alles verschlingend, Alles versengend. Wie es dampft und kocht und qualmt!

„Und wer sind jene drei Männer, dort an das Kreuz geheftet, von der gaffenden Menge umringt?

„Aus der Wunde an der Brust des mittleren bricht ein mächtiger Strahl von Licht hervor, der das ganze Firmament erleuchtet, in dessen ewiger Flamme unsere Götter alle verzehrt dahinsinken wie die Schatten dunkler Nacht vor der frischen Morgensonne.

„Doch sieh' Knabe, der Feuerstrom kommt uns immer näher, die Sonnenstrahlen verdunkelt ein Regen schwarzen Blutes, jetzt schon leckt die Flamme an unserer Thüre, rette mich, gieb mir Gewand und Stab, der Tag des Zornes ist gekommen.

„— Hülfe, Hülfe! ich — — ersticke!"

Entsetzt eilt der bebende Sclave, des Alten Haupt

zu stützen, jedoch seine Hände erfassen nur noch einen Leichnam.

Mit abgewandtem Gesichte hüllt er des Todten Brust und Antlitz in die weiße Toga, legt Hände und Füße ihm zurecht, und des lästigen Krankendienstes ledig, läuft er durch die Hinterpforte hastig und keuchenden Athems die öden Gassen hinab nach der Arena, — um keinen Augenblick der Hetze zu versäumen.

Steigen wir einige Stufen abwärts, sie führen uns zu den Logen der Vornehmen, Reichen, Patricier und Stadt-Aeltesten von Pompeji. Welche Pracht entfaltet sich vor unsern Augen, wie es glänzt und funkelt von Gold, Purpur und Seide. Es scheint, als hätten die Tempel ihre Götter und Göttinen [10]) hinabgeschickt um dem Feste beizuwohnen. Frisch wie vom Olymp herab-gestiegen sitzen dort Juno, Ceres, Minerva mit ihrem ganzen Gefolge. Wer ist diese hier, einer Diana gleich, wenn ihr nicht Pfeil und Bogen fehlten? Julia Felix [11]) des Spurius Tochter, die schönste und reichste Erbin von Pompeji. Soeben ihrer Sänfte entstiegen, in die Purpurkissen hingestreckt, die kleinen Füßchen — denn man nennt sie die Pedicula — auf das sammtne Sca-bellum stützend, starrt sie gedankenvoll in den Raum der Arena hinab, unbekümmert um ihre Umgebung. Ihre Brust wogt heftig, ihr Athem ist schnell, ihr Auge glüht. Sucht sie etwa den fernen Geliebten, ist die Perle ihres seltenen Diadems zerknickt? Nein! Ihr schwarzer Stier [12]) welchen sie auf dem Gehöfte zu Capua groß ziehen ließ, wird bei der heutigen Thierhetze mitwirken, den Kampf gegen den Panther des Nunciatus Faustulus aufnehmen, und siegend ihrem Rufe neue Lorbeeren zuführen.

Neben der Loge des Diomedes, welch' ein Kranz von schönen Frauen in blendend weißer Gewandung.[13]) Die Familie Jstacibia,[14]) die Mutter und ihre vier Töchter: Julia mit den blauen Augen, Heraclea die schwärmerische, auch die wilde feurige Lalagle mit der jüngsten Schwester Fontana. Die Damen gehören dem edelsten Stamme Pompeji's an, den noch kein Makel getrübt hat. Sie empfangen die Huldigungen der hervorragendsten Männer: des süßduftenden Dorus, des prachtliebenden Philippus, des reichen Scaurus, und sprechen griechisch, die Umgangssprache der feinen Welt.

Jhre Unterhaltung ist sehr lebhaft, und hat wohl Kunst und Wissenschaft, oder Poesie zum Stoffe? Ach nein. Sie reden von den falschen Haarlocken und den künstlichen Zähnen, die der Jude Meroab kürzlich aus Aegypten eingeführt hat.

— „Ha! sei mir gegrüßt Pansa!"

Hingestreckt in seine weichen Kissen ruht der Schlemmer mit dem dicken Wanste und den fetten Wangen.

Er scheint zu schlafen oder an Magenbeschwerden zu leiden. Weiß in Pompeji doch Jedermann, daß er die Karpfen seines Teiches mit geronnenem Menschenblute füttert, um sie fetter zu machen. Wie Schade, daß er krumme Beine hat. Die Schüler seines Viertels malten erst kürzlich ein lateinisches X[15]) auf die Thüre seines Hauses mit der Unterschrift: „Betrachtet Euch das Gestell des Pansa!"

Doch trügt mich nicht mein Blick? Methe die Schauspielerin, ja beim Jupiter sie ist es. Methe mit der gebissenen Wange!

Mit der gebissenen Wange, fragt ihr?

Methe war früher in Rom die Geliebte des Salvius Otho. Eine Sclavin verrieth in einer bösen Stunde das Verhältniß seiner Gattin, die hierauf die beiden Lieben= den, lustwandelnd in den Thermen des Agrippa,[16]) über= raschte. Ein Kampf entspann sich, wie er nur zwischen gereizten Nebenbuhlerinnen möglich ist. Die Gattin Otho's unterlag, und starb zwei Tage später an ihren Wunden. Die Geliebte entfloh durch einen unterirdischen Gang. In Bettlerkleider gehüllt, sich einem Zuge von Maul= thiertreibern anschließend, entkam sie glücklich nach Neapel. Doch auch dort sich vor Verfolgung nicht sicher wähnend, ging sie bald nach Pompeji.

Hier nennt sie sich Methe. In Rom hieß sie Laetitia alba. Laetitia die Blasse. Die gebissene Wange trägt sie noch.

Welch' ein Duft von wohlriechenden Salben und Oelen würzet hier die Luft! Schöner Sclavinnen Hände sind in der Loge ihrer Herrin beschäftigt auf glimmende Kohle die Wohlgerüche Arabien's zu streuen. Lieblich wirbelt der Duft aus dem Becken des Dreifußes empor.

Nävoleya Tyche mit den Silberlocken, die zweiund= neunzigjährige Matrone hat soeben in ihrer Loge Platz genommen. Seidene Kissen mit Gold durchwirkt, Decken aus Wolle mit Seide künstlich verwebt, stützen ihre alten Glieder. Auf ihrem Antlitze schwebt noch ein Anflug früherer Anmuth und Schönheit. Sie hieß einst die schöne Nävoleya. Sieben Freier warben um ihre Hand, jedoch wies sie alle schnöde zurück; da sie nunmehr alt geworden ist, dient sie als Priesterin der Vesta.

Und neben ihr Nunciatus Faustulus, der Kaufherr und reiche Schiffsbesitzer aus Neapel.

Sich mit dem kleinen elfenbeinernen Instrumente die Zähne stochernd, scheint er in Gedanken den Nutzen seiner, auf der Heimkehr befindlichen Galeeren zu be= rechnen.

Sie führen wohl Getreide und Wein dem Hafen zu?

Nicht doch, Mädchen, den Eltern an Hispanien's Küsten listig geraubt und entführt, bringen sie, bestimmt den vornehmen Herren in Rom, mit Spiel und Tanz die Zeit zu kürzen. Das Geschäft wirft Nutzen ab, der rechtschaffene Mann lebt ohne Nahrungssorgen.

Doch welch' ein Getümmel? Ein Ruf aus tausend Kehlen! Soeben tritt Suetius Certus der Aedile und Festgeber mit seinem schwindsüchtigen Sohne, dem sieben= zehnjährigen Polonius in seine Loge ein, umgeben von den Vornehmsten der Stadt.

Heil dir Certus, dem Aedilen und Stadt=Aeltesten! So tönt es von allen Bänken, von allen Sitzen, Tücher wehen, das ganze Theater ist in Bewegung; das Jauchzen und die Zurufe wollen kein Ende nehmen.

Auch dem Sohne des Aedilen wird gehuldigt, doch dieser achtet der Zurufe nicht, sein Blick ist trüb, sein Gang ängstlich, denn Kraft und Gesundheit hat der greise Jüngling in den Orgien und Bacchanalien zurückgelassen, in die ihn seine eigene Mutter frühzeitig einführte. Hohl blicken seine Augen aus dem blassen Antlitze.

Der Aedile hat in der großen Loge der Stadt-Aeltesten Platz genommen. Sein Sitz ist mit Purpur-Kissen belegt, fliegende Victorien tragen das Velum mit den Emblemen der Stadt durchwirkt. Neben ihm der Tribun Titus Suetius Clemens; die Räthe: Junius Simplex, Siricus, Modestus Fabius; auch der alte Paquinus Proculus, mit dem zitternden Haupte; Alleius Nigibius Maius der Quinquenal; Popibius Rufus und Pomponius Faustinus die Assessoren.

Doch der Lärm, den die Eingetretenen verursacht haben, legt sich allmälig, denn aus der Loge des Aedilen erhebt sich das Zeichen zum Beginne des Spieles. Aller Augen sind dem Eingange der Arena zugerichtet. Die Angeln der großen Eisengitter knarren und ein Zug von fünfundzwanzig Gladiatoren-Paaren,[17] kampfgerüstet vom Lanista, dem Vogt geführt, und von den Tuba-bläsern in farbigen Gewändern, begleitet, tritt ein. Die Kämpfer tragen eherne Helme, Beinschienen und Arm-ringe, welche in der Sonne glänzen, sowie Schwerter und Schilde. Kein beengendes Kleid hindert der Mus-keln freies Spiel. Gemessenen Schrittes schreiten sie paar-weise der großen Loge des Aedilen zu.

Voraus auf gallische Art bewaffnete Paare, ihnen folgen die Threker, mit dem kleinen Schild, dann die Parmati in bunter Tunika mit geradem Schwerte, die Samniter mit großem oblongen Schilde, dann die gut-

berittenen Equites auf ungezäumten Berber-Pferden, be=
waffnet mit der Para und Hasta; dem Schilde und der
Lanze, am rechten Arme die glatten Ringe, in Tuniken
und Visirhelmen. Hinter ihnen die Gruppe der Reti=
arii oder Netzwerfer ohne Kopfbedeckung mit weißem Sub=
ligaculum und Binden um die Beine. Ein Netz mit
der Spira über der linken Schulter, kennzeichnet sie.
Sie tragen als Waffen den Dreizack und einen kurzen
Dolch.

Ihnen folgen die Myrmillos mit dem Fische auf
dem Helme. Und wer sind endlich jene unglücklichen
nackten Gestalten mit einem Stücke Zeug um den Arm
und Binden um beide Beine, nur mit einem kurzen Dolche
und Spieße mit Haken bewaffnet? Es sind die Bestiarii,
zum Tode Verurtheilte und zur Thierhetze begnadigte
Verbrecher: der eine ein Mörder, der andere ein Straßen=
räuber, der dritte ein Fälscher; sie kämpfen um ihr
Leben. Der Gnade oder Ungnade des Volkes preisge=
geben sollen sie ihre Kräfte an den gereizten Bestien ver=
suchen.

„Heil dir o Certus, die zum Tode Gehenden be=
grüßen dich!“

So lautet der Ruf der an der großen Loge vor=
überschreitenden Bande. Der Trompeter gibt das Signal
und alsbald ordnen sich die Kämpfer unter der Führung
des Lanista ihre Gegner suchend.

In der Mitte der Arena der berühmte Kaix von
Ravenna der einunddreißigmalige Sieger; ihm gegenüber

Bebrip von der Schule zu Capua; hinter ihnen Erochus und Araxes, beide Gäste; rechts Trex und Oplomachus zu Pferde, sehr berühmte Kämpfer; Nobilior, Tudes sowie auch die Netzwerfer Nepimus und Hermes von Rom; der Secutor Hypolitus dann der Essedarius Porius auf britannische Art bewaffnet, und andere. Jedes der berühmten Paare wird von den Zuschauern mit Zurufen und Gebrüll empfangen, man nimmt Partei, der Kampf beginnt.

Der Kampf.

Mit der Behendigkeit des Tigers und dem Muthe des Löwen stürzen die Gegner auf einander, mit dem Schilde die Leiber deckend, Aug' an Aug', das kurze Schwert gezückt, und die Schwächen und Blößen des andern geschickt suchend und benützend. Es wogt der Kampf unentschieden hin und her. Es dröhnen die Schilde von schnell abprallenden Hieben, es wirbelt der Staub auf von den raschen Wendungen der Füße die bald flüchtig andere Stellung suchen, bald sich zum Abprall des Stoßes bis an die Knöchel in den Sand einbohren.

Wie die Schilde in der Sonne Strahlen brechen, wie das glänzende Eisen blitzt!

Kaix triefend von Schweiß findet harte Arbeit.

Schon zweimal von seinem furchtbaren Gegner gedrängt, hat er in flüchtigem Sprunge Stellung ändernd dessen wohlgezielte Stöße mit Schwert und Schild abgelenkt. Welche Fülle von Geschicklichkeit, Leichtigkeit und Behendigkeit!

Plötzlich holt Bebrix aus, und seine ganze Riesenkraft zu einem Stoße zusammenfassend trifft er mit einem Streiche, gewaltig genug, um einen Stier zu Boden zu strecken, seines Gegners schnell vorgehaltenen Schild, so daß die Waffe brechend die Luft durchschwirrt. Kaix den Moment mit prüfendem, richtigen Auge erfassend, stößt seinem waffenlosen Gegner das Schwert bis zum Hefte in die Seite. Es fließt ein dicker Blutstrom aus der frischen Wunde; der verwundete Kämpfer stürzt auf seinen Schild; das „Euge Kaix" Rufen der Zuschauer, das Gebrüll der Menge steigert sich beim Anblicke des Blutes bis zur Raserei. Der arme Getroffene hat weder Kraft noch Zeit um mit aufgehobener rechter Hand und mit gestrecktem Daumen die Gnade von der Menge zu erflehen; „Blut, Blut!" tönt es von den Bänken, und ein zweiter Stoß hat ihm bald die Kehle durchschnitten. Den noch zuckenden Körper schleifen die Schergen an einem in die Brust eingestoßenen Haken zur Porta libidinensis, dem Todtenpförtchen hinaus in das runde Spoliatorium, um ihn seiner Waffen zu berauben.

Der Sieger Kaix, um einen Lorbeer reicher tritt von mächtigem Applaus begleitet vom Kampfplatze ab. Unterdessen sind in dem andern Theile der Arena Siege und Niederlagen gefeiert worden. Das Spoliatorium

2*

hat bereits fünf Leichname aufgenommen, drei Kämpfer sind töblich verwundet abgeführt worden.

„Ha Calista,“ so ruft es von den obern Bänken, „sieh’ dort unten deinen Buhlen Oplomachus, er kämpft zu Roß gegen meinen jüngsten Bruder! Was gilt die Wette Oplomachus bleibt Sieger?“

„Sprächest du wahr, du giftige Natter, diese goldene Spange, die jüngst der Sohn des Quinquenal bei mir als Pfand zurückließ, sie wäre dein!“

„So sei es Calista, ich halte die Wette deine gol= dene Spange gegen meines keuschen Leibes Gürtel! Dein Oplomachus hält sich tapfer, wie kühn sein Roß er lenkt, ha wie fallen Stoß auf Stoß! Beim Stix mein Bruder blutet schon aus mehreren Wunden sein Pferd scheint auch ermattet. Hörst du sie rufen? „Euge Oplomache, euge!“

„Ha! Calista mir die goldene Spange, denn sieh’ dort schleifen sie meinen todten Bruder! Um den lecken Kerl ist es Schade, doch könnte ich seinen Verlust ver= schmerzen, schuldete er mir nicht für sieben Tage die Atzung!“ — Zwei Reiter tummeln sich kämpfend am Nordende der Arena auf ihren flüchtigen Rennern. Hoch den Staub aufwirbelnd scheinen sie mit dem Tode zu spielen. Keiner noch kann sich eines Vortheils über den Gegner rühmen, denn beide wohlberitten, gleich Helden auf das Pferd gegossen, den Speer und runden Schild mit Geschicklichkeit und Anmuth führend, den geschmei= digen Körper gegen Wurf und Stoß nach allen Seiten

deckend, verrathen sie des Handwerks höchste Meister=
schaft. Das herabgelassene Visir läßt weder Stand noch
Abkunft ¹⁸) erkennen, man möchte versucht sein, sie für
junge Götter zu halten, so schön und kräftig sind ihre
Körper. Mit angehaltenem Athem folgt die Menge dem
wilden Kampfe dieser Unbekannten deren Pferde in un=
gezähmter Lust, die Nüstern hoch gebläht, an Maul und
Brust mit weißem Schaume bedeckt, in schönen Wendungen
der Reiter Willen streng vollführen.

„Halt ein Cyrillus!" so tönt es plötzlich aus einer
nahen Loge, „laß ab mein Sohn, du tödtest deinen
Bruder!"

Doch zu spät; von der Lanze des Gegners schwer
getroffen, fast durchbohrt, stürzt einer der beiden Reiter
mit dem Pferde sich überschlagend in den stäubenden
Sand.

Der Sieger von einem Beifallssturme der Zuschauer
begrüßt, schwingt sich rasch vom Pferde, und den
Sterbenden vorher noch einmal in seine Arme fassend,
eilt er den Tumult benützend, schnell zur großen Pforte
hinaus, sich meerwärts wendend. Wahnsinn hat ihn er=
griffen. Von Eifersucht erfaßt, erschlug er in regelrechtem
Zweikampfe den Zwillingsbruder. Von den Furien ge=
peitscht flieht er dem Meeresstrande zu. Ein Schrei, ein
Sprung in die schäumenden Wellen, und noch ein Men=
schenleben hat geendet!

Die Mutter, welche unbewußt gekommen war, Zeu=
gin des brudermörderischen Kampfes zu sein, trug man
ohnmächtig aus ihrer Loge.

„Steh' Myrmillo, mich gelüstet deines Helmes Fisch zu fangen!"[19]) Also lautet der Spottruf des Retiarius. Doch wie der Hecht auf seine Beute lauernd im klaren Wasser steht, als sei er angewurzelt und wenn du wähnst mit hastigem Griffe ihn zu fassen und zu fangen, deine Faust nur leeres Wasser greift, — denn mit einem kurzen Schlag der Flosse hat er sich seitwärts schnellend deinem Blicke entzogen — so auch Myrmillo. Schon schwirrt das schwere Netz des Retiarius über seinem Haupte, schon glaubst du ihn davon erfaßt und übersponnen, doch jener mit gewandtem Sprunge seitwärts fliehend, entschlüpfet dem Gewebe, so daß das Netz stäubend auf dem Sande sich abdrückt. Den Retiarius der im Begriffe ist, es zu neuem Wurfe an sich zu ziehen, stößt der herbeieilende Secutor nach kurzem Kampfe nieder.

Pause.

Aufgewühlt und zertreten, mit dunkel geränderten Blutpfützen übersäet erscheint der Kampfplatz. Das Tod= tenpförtchen hat bereits eilf Leichen verschlungen; vom Kampfe ermüdet, ziehen die Sieger unter dem Applaus der Menge und mit Kränzen geschmückt durch das Aus= gangsthor ab, und die Zuschauer strömen, die Pause zwi= schen Kampf und Hetze benützend durch die Vomitorien

hinaus nach den Schenken[20]) und unzähligen Verkaufs=
buden, um neue Kräfte für die Hetze zu sammeln. Eine
neue Lage Sand wird unterdessen dem Plane zugeführt,
und Sepumius[21]) der bekannte Gaukler tritt auf, um
mit seinen Windungen und Verrenkungen die Zwischen=
pause auszufüllen. Von ihm sagt der Zettel:

„Wer sie jemals gesehen die Schlangenwindungen
des jungen Sepumius, die er künstlich zu spielen ver=
steht, seiest du der Bühne Freund, seiest du Liebhaber
der Rosse* — stets doch halte gleichschwebend die Schale
des Rechts."

Mit schlangenartiger Gelenkigkeit weiß er seinen
Körper in die verschiedensten Biegungen einzuzwängen,
bald auf den Händen gehend, bald sich überstürzend, oder
durch enge Ringe springend, bald auch durch aufrecht
stehende scharfe Dolche sich windend, das Auge der Zu=
schauer aufregend zu fesseln.

Ein feiner Staubregen wohlriechenden Wassers von
Pumpwerken durch Sclaven und Maulthiere getrieben,
über den Zuschauerraum gespritzt, erfrischt und kühlt die
glühende Luft.

———

Die Hetze. [22])

Ein neuer Stoß des Tubicen auf seinem Schlangen=
horne, und die schaulustige Menge nimmt rennend, stoßend

und sich überstürzend die früheren Plätze ein. Die Sonne
hat unterdessen sich tiefer gesenkt, und vom nahen Meere
her weht eine kühlende Brise. Hört ihr das Brüllen
und Knurren der mittelst Anschlagen an eherne Becken
gereizten Bestien? Seht, wie sie an dem Gitter ihres
Zwingers Wange und Flanke streifend unermüdlich auf-
und abwandern.

Und noch ein Hornsignal, die Gitter knarren in den
Angeln, und speien ihre Gefangenen aus. Die Pom-
pejaner sind auf die Sitze gestiegen, alle Banden von
Anstand sind gelöst, wie sie brüllen und toben, gleich
der Brandung die dort am Fels zerschellt, gleich dem
sturmbewegten Meere. Beschimpfungen und Verwünschungen werden gewechselt; man überbietet sich im ge-
wählten Tone und Ausdrucke.

Weder Alter noch Geschlecht wird geschont. Der
Lärm wird unterbrochen durch das Erscheinen eines Ru-
dels flüchtiger Gazellen,[23]) welches die wilde Jagd eröffnet. Die armen unschuldigen Thiere, drängen sich in
einen dichten Knäuel zusammen, die Köpfe ängstlich drehend und mit verzagtem Blicke die grausame Menge um
Gnade anflehend, denn gehetzt sind sie von mächtigen
Molosser Doggen die zwei Tage lang des Futters ent-
behrend, nun wild anlaufen und mit unbarmherzigen
Zähnen der armen Thiere Leiber zerreißen und zerfleischen.
In zierlichen Sprüngen durchfliegen sie die Bahn von
einem Ende zum andern, den Staub hoch aufwirbelnd
und vergebens einen Ausweg aus dem Circus suchend.

Ihre Kräfte brechen, sie stürzen auf die schlanken Kniee
nieder, von der Todesangst überwältigt.

Pompeji jubelt auf den Bänken.

Unterdessen hat auch drüben der Kampf zwischen
Mensch und Thier begonnen. Ein zottiger Bär[24]) von
numidischer Herkunft mit seinem Weibchen bemüht sich
unter wildem Gebrülle das ihm vom Bestiarius über=
geworfene Tuch zu zerreißen; sich jedoch immer mehr
verwickelnd und von Gegner hart gedrängt, blutet er aus
mehreren Wunden. Seine Gefährtin krümmt sich von
einem Speer durchrannt in wildem Schmerze dort am
Boden; herzzerreißend sind die Klagetöne der armen
Thiere, doch die Menge vom Blute berauscht, beklatscht
des Menschen List und der Thiere Ohnmacht. Knur=
rend in gewaltigen Sätzen den Boden kaum berührend
springt jetzt eine junge Löwin in den weiten Raum alle
Thiere in wilder Flucht vor sich herjagend. Ein nackter
Riese ist bestimmt, es mit ihr aufzunehmen, jedoch des
Menschen Antlitz scheuend, scheint das Thier feig vor
dem angebotenen Kampfe zu fliehen. Schreie der Verwün=
schungen ertönen aus den Caveen. „Hau sie nieder, hau
sie nieder! Pfui! pfui! du elende Katze!"

Der Bestiarius um sein Leben und vielleicht um
seine Freiheit kämpfend, stürzt nun dem Thiere mit ge=
zücktem Dolche entgegen, und der Kampf beginnt.

Doch welch ein Schrei des Jubels durchrauscht die
Bänke. „Der Stier der Julia!" so dröhnt es durch
die Massen. „Er sei gegrüßt, er sei willkommen!" Ge=
führt von zwei Männern, um den Leib den schönen

Mosaikgürtel, den Kopf ungebuldig schüttelnd, den Schweif hoch erhoben, die Nüstern blähend, im Nasenknorpel den goldenen Reif, tritt der schöne schwarze Stier in gewaltigen Schritten in die Arena. Den Gruß der Menge erwiedert er mit dumpfem Brüllen, sein schwarzes glänzendes Kleid spiegelt sich in der Abendsonne, sein kühnes und feuriges Auge und sein kräftiger Nacken fordern eine ganze Welt zum Kampfe heraus. In den Höhen des Hauses rufen sie:

"Laßt die Katze loß!" und auf ein gegebenes Zeichen entschlüpft dem Zwinger ein Panther, in großen Sätzen die Arena messend. Das schöne wilde Thier entzieht der noch wilderen Bevölkerung einen Schrei der Bewunderung. In gewaltigen Bögen den Kampfplatz umkreisend, gewahrt der Panther plötzlich seinen schwarzen mächtigen Gegner. Mit fletschenden Zähnen, bald sich kauernd, bald sich dehnend den Stier in immer engeren Kreisen umziehend, scheint er einen günstigen Moment zu wählen, um den Kampf mit Vortheil zu beginnen, doch der Stier, seinen furchtbaren Feind nicht aus den Augen lassend, folgt mit gebücktem Haupte und vorgehaltenen spitzen Hörnern jeder seiner Bewegung ruhigen Auges.

Die ganze Zuschauermenge hat für den majestätischen Stier Partei genommen. "Brav Stier, nur zu!" so rufen sie von allen Seiten.

Ein kurzes Gebrüll, ein kühner Sprung der Katze; doch der Stier erfaßt seinen Gegner im Fluge, und mit einem gewaltigen Rucke seines Riesennackens, schleudert er den Panther hoch in die Luft, daß er drehend und sich überschlagend mit einem Gebrülle des Schmerzes zur Erde niederfällt. Der kühne Sieger jedoch seinen Vortheil nicht aus dem Auge lassend, bohrt dem gebrochenen wilden Thiere noch das linke Horn mit gewaltigem Stoße in das Gekröse, daß die Gedärme dampfend hervordringen, und die Katze im Schmerze stöhnend auf dem Platze verendet. Dem vor Anstrengung zitternden Sieger fliegen Kränze und bunte Schleifen zu, und unter einer Fluth von Beifallsworten verläßt er müden Körpers den Kampfplatz. Julia Félix empfängt in ihrer Loge die Huldigungen von ganz Pompeji.

Und abermals ein Stoß des Tubicen auf seinem Horne, und in wilden Sätzen folgen sich nun Büffel, [25]) Löwen, Bären, Eber, Panther, Hirsche, Hunde. Eine Jagd beginnt, die selbst der zügellosesten Phantasie Befriedigung gewähren könnte. Die Menge auf den Bänken tobt und rast mit, ihr Brüllen übertäubt das der wilden Bestien im Sande!

Mitten im Gewühle der Thiere wandelt ein Greis in staubigem Gewande und mit langem Stabe. Seine silberweißen Haare sind zerrauft, sein langer Bart fällt ihm bis zum Knie herab, seine Füße sind von langer Wanderung zerrissen und mit Blut bedeckt. Von Zeit zu Zeit seine Schritte unterbrechend, scheint er herausfordernd dem Tode zu trotzen. Knurrend und zähnefletschend umkreisen die Bestien seine fremde Gestalt, mit ängstlichen Geberden folgen sie seinen Schritten in gemessener Entfernung.

„Er ist gefeit!" so rufen sie von oben. „Faßt ihn,

faßt ihn! er ist Jude! Unsere Säuglinge hat er ge=
schlachtet, und ihr Blut getrunken!"

Doch der Nazarener, der wilden Zurufe nicht achtend,
schreit mit gen Himmel erhobenen Händen zum Gotte
seiner Väter:

„Gott Abraham's Isaac's und Jacob's! Schon vier=
zig Jahre wandere ich obbach= und ruhelos auf dieser
Erde, mein thränenloses Auge ist vertrocknet, mein Leib
ist elend und verdorrt, meine Füsse sind zerrissen. Von
dem Fluche deines göttlichen Wortes getroffen und ver=
folgt, von allen Geschöpfen gemieden, vor allen Thüren
verstoßen, flieht mich der Tod, den ich auf allen Wegen
vergebens suche. Habe Erbarmen, Herr des Weltalls,
Gnade, Gnade, gieb deinem elenden Sohne den lang=
gesuchten Tod!"

Die Thiere brüllen, doch der Jude schreitet unan=
gefochten mitten durch die Wüthenden, seine Schritte gegen
Abend wendend, um zum neuntenmale der Erde Gürtel
zu umkreisen!

Ende.

Die Sonne ist ins Meer hinabgesunken, die Menge
hat sich verlaufen, öde Stille herrscht im Amphitheater!
Die schwarzen Mauern werfen dunkle Schatten, Ge=
spenstern und riesigen Gestalten gleich. Durch die Gänge

schwirren Eulen und Nachtvögel, und treiben in den Bögen ihr unheimliches Spiel. Dort huscht ein einsamer Schakal über die steinernen Bänke, dem Leichengeruche nachgehend, hier zuckt noch der Leib eines vergessenen langsam verendenden Thieres, neben ihm glänzt der in den Sand eingegrabene Dolch eines getödteten Kämpfers; aus einer Lache geronnenen Blutes perlen kleine Gasbläschen empor, die Luft verpestend. Die eben noch so belebten Bänke beherrscht Grabesstille, die schnell eintretende Nacht deckt die Gräuel des Tages mit ihrem sanften Schleier zu, und erstickt die Seufzer der so eben noch mit dem Tode ringenden Menschen und Thiere.

Alles ist still, die glänzenden Gestirne senden ihren matten Schimmer über Gerechte und Ungerechte.

Der Vesuv kräuselt leichte kaum bemerkbare Rauchwolken aus seinem Krater empor, jedoch in seinem Innern siedet und kocht ungeahnt die feurige Speise, die bald bis zur Mündung hinaufquirlt, bald wieder in den schwarzen Schlund zurücksinkt, denn noch nicht ist die verruchte Saat zum Schnitte reif. Aber bald wird kommen der Tag des Zornes, wo das stolze Pompeji dahinsinkt [26]) mit all' seiner Unzucht und Schande, vernichtet auf ewige Zeiten von Dem, der da spricht:

„Ich bin der Herr, dein Gott und du sollst keine fremden Götter neben mir haben!"

Noten.

1) Der angeführte Theaterzettel Libellus ist noch heute zu lesen: an einer Wand der zu Pompeji ausgegrabenen Straße, genannt strada degli Augustali, ferner am Album des sogenannten Gebäudes der Eumachia wie folgt: Qua dies patientur, Suetii Certi aedilis familia gladiatoria pugnabit Pompejis pridie Calendas Augustas. Venatio, vela et sparsiones erunt.

2) Kein älterer noch neuerer Schriftsteller gibt uns die Art an, wie das Velum, Zeltdach über so ungeheuere Flächen wie z. B. das Coliseum in Rom ohne Mittelstützen gespannt wurde. Nach unserer Meinung war die Sache einfach und leicht. An allen heut zu Tag noch existirenden Arenen bemerkt man an der äußern Umfassungswand in gleichen Abständen Steinringe ringsum angebracht, und unter jedem dieser Ringe Sockel. In die Ringe wurden von oben herab hohe Mastbäume eingesenkt, die auf den korrespondirenden Sockeln aufsaßen. Diese Maste hatten zunächst ihrer Spitze Rollen, und etwa in ihrer Mitte starke Haken. In letztere wurden die in Dreiecksform geschnittenen einzelnen Segmente des Zeltdaches an ihrer Basis eingehakt, und in den Schenkellinien mit einander verbunden. Ueber die Rollen der Masten liefen starke Seile nach der Spitze des so gebildeten Leinwandkegels, welche an den entgegengesetzten Enden Gegengewichte in Scheibenform erhielten, um das kegelförmig gespannte Leinwanddach sei es bei Regenwetter, sei es bei Sonnenschein immer durch Nachgeben gespannt zu halten. Die Spitze des Zeltes war frei, so daß Licht und Sonne ein, die drückende innere Luft ausströmen konnte. Matrosen besorgten die Ueberdachung. Die einzelnen Leinwandsegmente

waren verschieden gefärbt, was nach Aussage von Augenzeugen, besonders wenn die Sonne starke Strahlen warf, in dem Zuschauerraume merkwürdige Effekte lieferte.

3) Wirthshäuser sind in Pompeji bis jetzt drei ausgegraben, nämlich das zum Elephanten mit dem Thiere im Schilde, in der Via lupanaria, das des Albinus am Herculaner Thore, sowie das des J. Polibius am Fuße des Serapeums.

4) Der Zudrang zu den Spielen war so außerordentlich, daß jedesmal Menschen tobt gedrückt wurden. Man strömte lange vor Tagesanbruch nach den Bänken. Unter Caligula kamen einmal im Gedränge 40 Männer und Frauen aus den höheren Ständen um.

5) Die Arena in Pompeji faßte 20,000 Menschen; sie liegt am Nord-Ost-Ende der Stadt, und ist zum größten Theil von Asche befreit. Man fand in den Zwingern die Skelette von 8 Löwen. Unsere Erzählung spielt vier Wochen vor der Katastrophe.

6) Auf der Umfassungsmauer des eigentlichen Kampfplatzes waren Drathgitter angebracht, um das Ueberspringen stark gehetzter Thiere zu verhindern, Nero ließ das Gitter seiner Loge vergolden, und in die Maschen Bernsteinklumpen einweben.

7) Marcia eine bekannte Kupplerin. Die noch heute existirende Inschrift über ihre Person lautet:

Quisquis amat valeat, pereat qui parcit amare,
Restantem pereat, quisquis amare vocat.
Felices adeas, pereas o Marcia si te
Vilis denaris maxima cura ferit.

8) Im Eckhause der Straße der Fortuna im Peristyl des Hauses eines Webers sind die angeführten Namen der Webermädchen nebst der Art ihrer Beschäftigung und der Größe ihres Pensums eingekratzt noch heute zu lesen.

9) Meroab nach einer griechischen Inschrift der einzige Jude in Pompeji.

10) Die Leidenschaft der Frauen für das Amphitheater, sagt Juvenal, war ihre größte Schwäche. Nie schmückten sie sich sorgfältiger und reicher. Gewänder, Geschmeide, Kissen, Wärterinnen, Zofen und Gefolge wurden zu diesem Zwecke ausgeborgt.

Ovid hält die Arena für den besten Ort zum Anknüpfen von Liebeleien und galanten Abenteuern. Christliche Schriftsteller aus späteren Zeiten warnten ihre Jünger vor dem Besuche des Amphitheaters, wo Scham, Ehre und Unschuld auf dem Spiele stünden, was jedoch nicht verhinderte, daß auch Christen diese Orte leidenschaftlich besuchten.

11) Julia Felix, des Spurius Tochter, eine reiche Hausbesitzerin, gemäß einer am 8. Februar 1766 aufgefundenen Vermiethungs-Anzeige, welche lautet: Im Grundstücke der Julia Felix werden vermiethet 1 Balneum, 900 Läden und Zimmer vom 14. August an auf weitere 5 Jahre ꝛc.

12) Stiere im Kampfe mit Panthern, wie das 1812 aufgefundene Relief auf dem Grabe des Scaurus zeigt.

13) Die vornehmen Frauen erschienen bei den Spielen nie anders als in weißen Festgewändern.

14) Die Familie Istacibia besitzt in der Gräberstraße ein schönes Grabmahl.

15) X. Considerate statum Pansae! Inschrift von Schülerhänden auf einem ausgegrabenen Hause.

16) Die Thermen des Agrippa in Rom erbaut 25 v. Chr. G., deren Reste noch heute hinter dem Pantheon sichtbar sind.

17) Gladiatoren nach Threker Art bewaffnet, trugen den kleinen Schild Parma oder das viereckige Scutum, den Krummsäbel die Scia, sowie vollständige Rüstung, dann Beinschienen. Die sogenannten Parmati trugen ein gerades Schwert.

Die Samniter den großen oblongen Schild, einen Aermel am rechten Arm, eine Schiene am linken Bein, einen breiten Bauchgurt, Visirhelm mit Kamm und hohem Federbusch, kurze Schwerter und bunte Tuniken.

Die Retiarii oder Netzwerfer ohne Kopfbedeckung, mit Tuniken oder weißem Subligaculum, Binden um Beine, Leibgurt balteus, Aermel am linken Arme, und statt eines Schildes den Armberg galerus. Das Netz jaculum an der Schnur spira, den trident Dreizack und Dolch. Ihre Secutores mit Visirhelm, Schwert und Schild.

Die Bestiarii Thierkämpfer, gewöhnlich nackt mit einem

Stück Zeug um den einen Arm, und Binden um beide Beine, mit Spieß und Haken bewaffnet, oder wie die Sagittarii mit Pfeil und Bogen. Stierkämpfer waren die Succursores die das Thier reizten und dann flohen, die Taurocentae und Taurarii, die das Thier bezwangen, die Venatores gut bewaffnet und in parthischer Rüstung, mit Pfeil und Bogen; dann die Mauri mit Lanzen zum Werfen, auch beritten.

18) Oeffentliches Auftreten von Personen höherer Stände, und von Frauen als Kämpfer an der Tagesordnung und ein Symptom allgemeiner Demoralisation.

19) Der Spottruf des Retiarius Netzwerfers dem Myrmillo gegenüber, der auf seinem Helm einen Fisch als Abzeichen trug, lautete:

"Non te peto, piscem peto, quid fugis Galle!"
"Nicht dich will ich, sondern deinen Fisch, warum fliehst du mich?"

20) Schenkwirthe, Krämer, Garköche, Wahrsager und feile Dirnen umstanden die Arena während der Spiele.

21) Sepumius der Gaukler war sehr bekannt in Pompeji. Ueber seine Leistungen existirt folgende Inschrift:

Serpentis lusos, si quis sibi forte notavit, Sepumius juvenis, quos facit ingenio; spectator scaenae sive es studiosus equorum, sic habeas lances semper ubique pares.

22) Die erste Thierhetze gab in Rom M. Fulvius Nobilior etwa 80 Jahre nach Einführung der Gladiatorenkämpfe.

23) Symachus ließ Gazellen addaces mit schottischen Hunden hetzen, sagt Strabo.

24) Man sah in der Arena Bären durch übergeworfene Tücher blenden und tödten, oder auch durch einen geschickten Faustschlag auf den Kopf kampfunfähig machen, erzählt Plinius.

25) Gehetzt wurden:
    a) Büffel, tauri cypriaci, bei den Spielen des ersten Gordian.
    b) weiße Hirsche und Elenthiere, alces, erzählt Pausanias.
    c) Eber; Severus ließ 60 Stück, und Gordian III. an 1000 auf einander hetzen.

d) Bären aus Lukanien, Numidien und Dalmatien.

    P. Servilius Praetor an 300 Stück auf einmal, Caligula 400, Nero 400, Gordian I. 1000 in einer Hetze.

e) Löwen; Nero 600 Stück an einem Tage.

f) Augustus hetzte im Ganzen 3500 wilde Thiere.

    Titus stellte bei Einweihung des flavischen Theaters 5000 Thiere zur Schau aus, und ließ 9000 Stück tödten.

    Trajan ließ bei den dacischen Festen 11,000 Bestien hetzen und umbringen.

    Die Thierhetzen brachten vom staatsökonomischen Standpunkte aus Nutzen, da sie der Vermehrung und dem Ueberhandnehmen der wilden Raubthiere Schranken setzten, und somit Länderstrecken nach und nach bewohnbar machten, die sonst unsicher und gefährlich für Ansiedelungen geblieben wären.

26) Die Verschüttung von Pompeji fand am 24. August im Jahre 79 n. Chr. G. Nachmittags 1 Uhr statt, während fast sämmtliche Bewohner der Stadt in der Arena anwesend waren, woraus man auch erklärt, daß so viele Menschen sich auf das freie Feld hinter der Arena retten konnten, und die Ausgrabungen nur eine verhältnißmäßig sehr geringe Zahl Leichen aufdeckten.

Ein Gastmahl bei Lucullus.

74 v. Chr. G.

Die Höhle der Sibylle. — Die Einladung. — Von Bajae nach Tusculanum. — Tusculanum. — Das Mahl. — Das Märchen des Almenor. — Das Trinkgelage. — Der große Fischbehälter. — Rom und Ende.

Motto: Bene tibi!
Dein Wohl!

3*

Die Höhle der Sibylle auf Cuma.

"Wenn des jungen Mondes Silber-
sichel sich im See abspiegelt, und die
Raben krächzend des Felsens Gipfel
umfliegen, dann wird Sibylle in ihrer
Grotte des Lucullus harren!" —

Herrenlos steht die braune Stute an dem Aste der Pla-
tane angebunden, mit dem Hinterfuße schlägt sie ungeduldig aus, schüttelt heftig Kopf und Mähne, daß die
Ketten und Schnallen ihres Zaumes klirren, mit dem
buschigen Schweife bestreicht sie bald rechts bald links
des Leibes Flanken, ihre Haut erzittert, denn Fliegen,
Schnaken und giftige Insekten, aus den Schwefel-Pfützen
aufsteigend umschwirren Kopf und Leib, und senken ihren
ätzenden Stachel bald in die Nüstern und Augenhöhlen,
bald in die Haut des Thieres. Ihres Herrn Purpur-
mantel liegt am Boden. Durch die Büsche dringt ein
fahles Mondlicht, hochoben krächzen die Raben.

In den Rosmarin- und Tamariskenhecken knackt es,
wie wenn sich ein aufgescheuchtes Wild durch Busch und
Strauch Bahn bricht, denn Lucullus, mit dem Schwerte
die Aeste und das Gestrüppe auseinander wirrend, sucht
der Höhle Eingang.

Dort am Fels, wo das Schwefelwasser sich dampfend hinabwälzt, wo einer Schlange Bild als Merkzeichen in den Stein eingegraben ist, pocht er dreimal, es dreht sich der Block in seinen Angeln, und die geöffnete Spalte nimmt den Fremdling, der sie gebückten Körpers betritt, auf. Das Felsenthor schließt sich ächzend hinter ihm.

Mühsam durch den dunklen Gang wandernd, mit den Händen an dem feuchten Gestein die Richtung erforschend, tritt Lucull' endlich nach abwärts gelangend in die geräumige Vorhalle ein, und läßt sich auf den Stufen nieder, um Hände und Füße in dem klaren Quell zu baden, auf daß er des Orakels geheiligte Stelle würdig betrete.

In der schwarzen Höhle neben der rußenden Lampe sitzt Sibylle [1]), ihr gewelltes Haar sich auflösend, und zu der Dienerin, die knieend ihr den Silberspiegel vorhält, spricht leise das Weib:

„Wohlan Veleya! Oeffne nun des Abyton Krater, daß die Dämpfe das Gemach erfüllen, wirf mir den dichten Schleier um, Lucullus könnte sonst leicht seines Weibes Gestalt und Züge erkennen, denn nicht ahnen darf er, daß unter der Maske der Sibylle, seine Gattin Lydia heute zu ihm spricht."

Des treuen Weibes Rath warf er leichtfertig von sich; nun wird er ihn als Befehl von der Sibylle hören und befolgen müssen.

„Schnell jetzt auf den Dreifuß, mein pochendes Herz sagt mir, daß mein Gemahl nicht mehr fern ist."

Einen schweren vergilbten Vorhang zurückschiebend, tritt Lucull [2]) in die schwach erleuchtete dampfende Grotte ein; sein Schwert zu Füßen der Sibylle legend, spricht er:

„Verzeih' hohe Priesterin, wenn auf deinen Ruf hin, mein unwürdiger Fuß deines Heiligthums Schwelle berührt. Nicht Neugierde noch Vermessenheit lenkten meine Schritte zu dir. Des Staates Wohl, an dessen Stützen die Verräther rütteln, das Geschick des Heeres, welches meiner Führung anvertraut ist, um Roms ärgsten und ältesten Feind, den Mithridates zu bekämpfen, lege ich in deine Hände. Die Centurien wählten mich mit Stimmenmehrheit zum Feldherrn; der Senat jedoch, von Pompejus aufgewiegelt, verwirft des Volkes Wahl; man widersetzt sich meiner Abfahrt, die Kriegshäfen sind meinen Schiffen gesperrt, und Pompejus rüstet im Geheimen seine Galeeren. Ich bin gekommen Priesterin, um deinen Rath und Beistand zu erflehen.“

„Ich weiß Alles Lucullus, denn was bliebe meinen Blicken verborgen? Der Neider Schaar, die frech deinen Ruhm untergräbt, bekämpfst du vergebens. Wie der Hydra Köpfe vom Rumpfe getrennt, von neuem wachsen, so auch sie. Manlius kühnes Gesetz, das dir die Macht aus den Händen nehmen, und dich verbannen soll, wird von Cicero, der selbst Consul werden möchte, unterstützt.

„Der ehrgeizige Pompejus buhlt beim Senat und Volke um die Alleinherrschaft über Land und Meer. Cotta, der zur Größe Roms noch nichts gethan hat, Glabrio, welcher unter der Maske der Freundschaft sich an dich drängt, um desto sicherer dich zu verderben,

Gabinius, Crassus, Catulus, Metellus, alle fürchten und hassen dich, und haben sich vereint, um deinen Namen aus Roms Geschichte auszulöschen. Dein Stern Lucullus wird verbleichen, an fremden Küsten wirst du das Loos eines Marius theilen.

„Doch die Götter wollen es anders. Noch nicht sind alle Mittel erschöpft, um dich zum Herrn über Roms Geschicke zu machen, eins noch blieb unversucht.

„Die dem Bacchus geheiligten Feste nahen. Lade deine Neider und Nebenbuhler zu dir. Man sagt Lucull' wisse zu leben wie kein anderer. Fessle ihre Gedanken und ihre Sinne mit deiner Küche Zauberkünsten, ertränke ihren Verstand in deines Weines altem Geiste, der Geist erstirbt, wenn der Magen arbeitet. Zahm und kirre sollen sie werden wie gemästete Tauben.

„Der Löwe und der Tiger verlieren die ihrem Geschlechte angeborene Grausamkeit, wenn sie sattsam gewürgt haben, vergebens reizest du den Zorn der giftigen Schlange, die zusammengerollt sich der Verdauung ihrer Beute hingiebt.

„Der Trunkenen Zunge ist gelenkig und leicht verräth sie des Menschen Inneres. Erforsche deiner Feinde Pläne und Ränke, wenn sie den Falerner gekostet haben.

„Sieben Tage stehen dir zu Gebote, benütze sie, Lucullus. Lasse deine Gäste während dieser Zeit nicht zur Besinnung kommen, erschöpfe deine Vorrathskammern, Keller, Fischbehälter, Gärten, Wälder um sie mit immer neuen Genüssen zu kitzeln, und nimm dir Spiel, Tanz, Theater und schöne Mädchen zu Bundesgenossen.

„Wenn endlich Klötzen gleich sie diesen Waffen unterliegen, — und sie werden es bei allen Göttern, — so eile ohne Verzug zu Schiffe deinem Heere nach, siege und ziehe als Triumphator in Roms Mauern wieder ein.

„Das Volk wird dir entgegenjubeln, deine Schmäher werden schweigen und dich bewundern.

„Geh' Lucull', so sprechen heute durch meinen Mund zu dir die Götter.

„Mithridates wird die Zeche zahlen!"

Die Einladung.

„L. Licinus Lucullus beehrt sich als Gastgeber seinen Freund Aurelius Cotta für die Festtage des Bacchus zum Essen einzuladen.

„Er hofft, daß ihm das Glück zu Theil werde, seinen Wunsch erfüllt zu sehen."

Flüchtigen Fußes eilt der Sklave durch die Straßen der Stadt, ³) die Einladungs-Täfelchen hat er in einem rothen Beutel am Gürtel befestigt. An der Villa des Cotta hemmt er seine Schritte, der gehobene Klöpfel fällt mit kurzem Schlage auf den Thürnagel zurück und es öffnet sich des Hauses Pforte.

„Geh' Testa", so spricht er, „bringe deinem Herrn

diese Einladung; sage ihm, daß ich draußen auf Antwort warte. Aber beeile dich, denn ich habe wie du siehst noch mehrere herumzutragen, und der Tag neigt sich bereits seinem Ende."

Der Küchenmeister⁴) meint, daß selbst die Götter die eingeladenen Gäste um ihre Sitze an Lucullus Tafel beneiden werden. Der Fischer Netze füllen die Piscina; an den Felsenwänden Ischia's hängen verwegene Vogel= steller, und berauben die Nester der Seeschwalben ihrer Eier; die Jäger bringen täglich frisches Wild zum Promp= tuarium; die Vivarien sind der feistesten Eber beraubt; Lucrino's Austernbänke und Schneckengehege geplündert.

„Ja, ja! von Lucullus Gastmahle werden die Men= schen noch in den fernsten Zeiten reden!"

Von Bajae nach Tusculanum.

Bajae, Hygiea's und Aphrodite's Stadt³) an Cam= pania's glücklicher Küste erglänzt im Scheine der fun= kelnden Morgensonne. Längs des Strandes erheben sich die prachtvollen Paläste und Landhäuser der vornehmen Römer, deren Thürme weit in die See hinausschauen.⁵)

Von Puteoli, Misenum und Cuma fliegen bunt be= malte Gondeln⁶) der Küste zu, Gäste bringend zu den ewig dauernden Bacchanalien und Festen. Von der See her schallt frohes Gelächter, Gesang und Musik. Das Sphäristerium hallt wieder von dem Rufe der Ballspieler.

Libarii und Crustularii rufen mit singendem Tone ihre berühmten Honigbrode zum Verkaufe aus; lumpige Kerle treiben einen armseligen Handel mit Schwefelfäden, andere fesseln an einem aufgeschlagenen Tische die Aufmerksamkeit ihrer Zuhörer durch Anpreisung eines unübertrefflichen Schwefelkittes, mit welchem sie zerbrochene Thonscherben und Gläser zusammenleimen.

Garköche und Wursthändler bieten dampfende Blutwürste mit unausstehlichem Geschrei aus.

Die Termopolien sind von Gästen überfüllt, die die beliebte Calda zum Frühstücke einnehmen.

Krämer, Haarkünstler, Salbenverkäufer und Weinhändler rühmen mit kreischendem Tone ihre unübertreffliche Waare zu geringem Preise. Zum Markte eilende Frauen und Mädchen mit Obst und Gemüse beladen, Maulthiertreiber, Träger und müßige Lustwandler, zur Schule eilende Schüler, zur Arbeit gehende Webermädchen, beleben die Straße. Alles erfreut sich des entzückenden jungen Tages.

Eine zierliche Rheda [7]) mit feinen vergoldeten Radspeichen, durch ein Lederwerk vor der glühenden Sonne geschützt, mit zurückgebundenen Purpurvorhängen versehen, welche einen angenehmen Luftzug gestatten, bewegt sich schnellen Laufes auf der Landstraße dahin. Zwei numidische Reiter zügeln die kräftigen gallischen Rosse, hochgeschürzte Läufer wetteifern links und rechts mit dem Gespanne.

Den Freuden Bajae's, seinem schönen Strande, den liebeathmenden Frauen, den Gondelfahrten, Spieltischen, Tanz- und Speisesälen wenn auch auf kurze Zeit doch mit schweren Herzen „Lebewohl" sagend, die dampfenden Schwefelquellen [8]) hinter sich lassend, rollen Consul Aurelius Cotta und sein Busenfreund Aeilius Glabrio dem Tusculanum Lucull's zu. Statt der Toga haben sie die zur Reise zweckmäßigere Paenula umgeworfen.

Zu ungewohnt früher Stunde ihrem Cubiculum entstiegen sind sie stumm in die weichen Kissen ihres Wagens eingesunken, und schläfrig gähnend blicken sie in die herrliche Landschaft, die sich vor ihren Augen entwickelt, unbewußt schlürfen sie die erquickende Morgenluft.

Vorbei geht es in schnellem Laufe an den Ufern des Meeres, dessen Spiegel kein Lüftchen kräuselt, vorbei an den geheiligten Olivenhainen die sich zwischen Bajae und Cuma hinziehen, da wo der Lucriner und Averner See des Hades Thore bergen, Apollos heiliger Tempel die Gegend beherrscht. In weiter Ferne der Vesuv mit seinem schneeigen Gipfel, der üppige Busen Parthenopes mit tausend Schiffen und Segeln glühend im Scheine der Morgensonne.

Die Reisenden nicken mit den Köpfen, und schwanken den Bewegungen des Wagens folgend bald rechts, bald links, die Natur fordert ihren Tribut, die müden Augenliber fallen zu, sie schlafen. Aurel' mit der Nase fast die Brust berührend, Aeilius den Kopf zurückgeworfen, mit halbgeöffnetem Munde, beide wohl von vergangenen oder kommenden Tafelfreuden träumend.

Die Rheda rollt über die glatte Steinspur hin, eine kleine Staubwolke hinter sich lassend, die Rosse schnauben, die Läufer keuchen.

Belebter wird die Straße. Sänften, denen Flöten= spieler vorangehen, Sesselträger mit ihrem Gebieter, begleitet von dem luftwedelnden Sklaven, Fußgänger, Lastträger, Fuhrwerke mit Lebensmitteln und Wein be= laden, bewegen sich gemessenen Schrittes gegen die aus dem Haine hervorragenden Thürmchen der Villa hin.

Die vorbeirollende Consular = Rheda wird von den Vorübereilenden ehrbar begrüßt. Was kümmert es deren Besitzer, die erschöpft von den rauschenden Tafelfreuden vergangener Nacht, nun einer kurzen Ruhe pflegen, um den Körper für neue kommende Arbeit vorzubereiten.

Bei dem siebenten Meilensteine hält das Gespann plötzlich an einem geöffneten, von zerlumpten Bettlern[9]) umlagerten Thore, die alle erdenklichen wirklichen und erdichteten Gebrechen zur Schau tragend, nun schnell dem angekommenen Wagen entgegeneilen, um die üblichen Al= mosen zu fordern und entgegenzunehmen, und dann den Spendern mit einem Handkusse zu danken. Die Träumer im Wagen erwachen, recken und dehnen sich und reiben die Augen. Roth und gelb gekleidete Diener Lucull's heben sie auf die bereitstehenden Lectiken hinüber, und bergan geht es nun in mäßigem Schritte an blühenden Rosen und Veilchenbeeten, an Reben und Obstgeländen vorbei, über sanft ansteigende Terrassen dem Lusthause des Gastgebers zu.

Tusculanum. [10])

Schon seit einigen Tagen laufen Sklaven geschäftig durch die Gänge und Thüren des Hauses, bald Tische, bald Sessel und Ruhebetten, bald große Repositorien, Candelaber, Gefäße und Zierathen tragend; einige auch sind damit beschäftigt, mit rothen wolligen Tüchern die Wände, Säulen und Decken der verschiedenen Gemächer abzureiben, oder mit der zottigen angefeuchteten Gausape und den Tamariskenreiserbesen [11]) die Mosaikböden zu reinigen und aufzufrischen, sowie schmale Laufteppiche aufzurollen und auszubreiten. Das ganze Haus erhält ein festliches Kleid und Aussehen.

Dem Wohlgeruche von schmorenden Braten und Fette nachsteigend, gelangen wir in die von der Flamme des Heerdes hellerleuchtete Küche, der ein mit schwerem Gelde angeworbener Koch aus Syrakus, in feine weiße Leinwand gekleidet, mit fettem Gesichte und dicken Beinen, vorsteht. Töpfe der verschiedensten Form und Größe wirbeln ihre Dämpfe zu der Deckenöffnung empor. Schlanke

Miliarien, Schnellsieder, griechische Autepsae durch glühende Kohlen erhitzt, bauchige Ahenae auf dem Tripex stehend, Casserollen mit würzhaften Saucen umstehen das Feuer.

An dem Bratspieße schmoren Hühner, Tauben und Hasen mit duftendem Fette beträufelt, während ein Sklave stets bemüht ist, das Eisen in seinen Lagern, die einer zweizinkigen Gabel gleichen, herumzudrehen. In einem Cacabus, dessen Deckel von den Dämpfen leicht gehoben spielt, und dem eine schaumige Brühe entläuft, sieden Würste, ferner Eier von Tauben und Hühnern. Der Sartago, die offene Pfanne zischt von eingelassenem Fette und Oel, in dem Zwiebelschnitten schwimmen. In der flachen Patina braten Fische und Austern, die der geschäftige Koch mit dem zierlichen Dreizacke von Bronze öfters prüfend lüftet. Diener schütteln die Cribra, das große mit Gewürzen angefüllte Sieb, andere durchkneten mit der Trua, dem großen Löffel den Teig in der Mactra, dem Backtroge, welcher mit feingeschrotenem Mehle aus der Handmühle nebenan, und der in der Camella siedenden Kuhmilch, die der Stallvorsteher in dem Melkzuber zugetragen hat, angerührt worden ist. Große und kleine Kochlöffel aus Bronze mit ciselirten Griffen hängen an Ketten an den Wänden, um nach Bedarf bei der Hand zu sein.

Zwei Sklaven tragen keuchend an einer sich biegenden Stange den immensen Wasserzuber mit beweglichen Handhaben herbei, die Matella, der Schöpfer geht nun von Hand zu Hand. Fußboden und Repositorien sind mit einer Fülle von Wildpret, Geflügel, Gemüse, Obst bedeckt; in bronzenen Wasserbehältern kriechen Krebse und zappeln Fische, die bald entschuppt und abgehäutet in die Hand des Structors übergehen.

Im Apollo=Saale soll heute gespeist werden, so lautet die Tagesordnung, morgen im goldenen, über= morgen im ägyptischen Saale, und sofort soll jeder Tag neue Abwechslung und neue Genüsse bieten. [12])

Der Portikus des Tricliniums trägt ein vergoldetes Gebälke, dieses wiederum eine zweite Säulenreihe zur Unterstützung des Mittelschiffes, dessen offene Felder mittelst vorgehängten Teppichen aus Syrien gegen jeden lästigen Luftzug verschlossen sind. Die Wände, mit dem schwarzen äthiopischen Spiegelsteine eingelegt, wieder= strahlen das Bild des Beschauers in großer Klarheit. [13])

Der Deckenrost [14]) ist zum Oeffnen eingerichtet, und trägt an langen reich verzierten Ketten die Bronze= lampen von getriebener Arbeit, deren Flammen mit jenen der Silbercandelaber zwischen den Säulen zu wetteifern scheinen. Frisch duften die Gewächse und Blumen auf der obern Gallerie, heiter trillern die Singvögel in ihren Aviarien und eine angenehme Kühle streicht durch die gelüfteten Vorhänge.

Wenn diese so reich verzierten Wände sprechen könnten, sie würden uns von dem letzten der Könige Roms er= zählen, der an dieser Stelle in des Exils Einsamkeit die Schandthat an Lucretien büßte, welche ihm Purpur und Krone kostete, auch von Cornelia, der edlen Wittwe des Sempronius Gracchus und von ihren Thränen, die sie

in diesen Mauern sieben Jahre lang um ihre beiden ge=
mordeten Söhne weinte, bis daß ihre Augen vertrocknet
waren; von dem Faustschlage endlich in das Gesicht des
Sulla, den ihm die eigene Gattin spendete, weil er die
Frau seines Freigelassenen schöner fand, als die seine.

Aus dem Stamme des Lebensbaumes geschnitten,
steht in der Mitte des Raumes der berühmte kostbare
Tisch¹⁵) das Monopodium mit Gold und Schildpatt
reich verziert auf einem geschnitzten Elfenbeinsockel ruhend,
welcher scheinbar aus einem Mosaik entspringt, der einem
Teppiche mit eingewirkten Thierfiguren gleicht. Um seine
obere Rundung stehen die Lecti, lange Liegestätten für
die Gäste, über deren weiche Wollpolster purpurne Decken
gebreitet sind; auf letzteren die aus Seleucia bezogenen
Seidenkissen mit Goldtressen verbrämt zur Auflage der
Ellbogen.

Der Triclinarch mit seinem Heere von Untergebenen
ordnet den Tisch, für jeden Gast eine feine goldbefranzte
Mappa¹⁶) zurechtlegend, um welche in größter Ordnung
kleine Goldlöffelchen zum Schlürfen der Austern und Eier
neben Salzgefäßen aus Onix und Murrha lagern. Ein
umgestürzter Kelch aus erhaben geschliffenem Glase be=
zeichnet den Platz des Gastes.

Welche Berge von übereinander gestülpten Prunk=
gefäßen, Schüsseln, Vasen, Platten auf den Seitentischen
und an den Wänden; welche Verschwendung an Trink=
geschirren in Gold und Silber, an Kannen und Krügen
in getriebener Arbeit! Ganze Schatzkammern scheinen
geplündert und in diesem Saale aufgethürmt zu sein.

4

Mit einer Miene selbstbefriedigten Bewußtseins wirft der Triclinarch einen letzten prüfenden Blick auf die Anordnung der Tafel und des Saales, rührt ordnend noch hier und da mit leichter Hand an den Gegenständen und begibt sich dann in das Atrium um auch hier den aufgestellten Dienern die nöthigen Verhaltungs-Regeln zu ertheilen.

Allmälig wird es draußen in den Gärten und Vorplätzen lebhaft.

Die bereits den erquickenden Bädern entstiegenen und aus den Händen des Barbiers und Salbers entlassenen Gäste haben die farbenreiche kurze Synthesis zur Bekleidung für die Mahlzeit gewählt.

Einige ergehen sich im Xystus und genießen die entzückende Fernsicht, andere lassen sich in der Gestatio, einer schattigen Allee in Sesseln tragen, um die Uebungen der Ballspieler zu mustern und zu beklatschen. Die Rosenbeete, welche dem Gärtner Lucull's einen Weltruf erworben haben, werden von den feinen Strahlen der Wasserkünste benetzt, und wetteifern in Duftverschwendung mit den Crocus, Veilchen und Narzissen.

Ein dumpfes Geheul aus dem hintern Gartentheile kommend, erregt unsere Aufmerksamkeit. Wir gelangen durch kleine Alleen von Zwergzypressen und verschnittenem Buchs in die Thiergärten. Der Bärenzwinger ist doppelt verschlossen. Das „Cave" tönt uns entgegen, denn die Bärenmutter, ihrer drei Jungen beraubt, die man für das Mahl, der köstlichen Tatzen halber, geschlachtet hat, sucht in wilden Sätzen und in erschreckender Wuth an die Gitter der Höhle anspringend die geraubten Sprößlinge.

Die gemästeten Hasen und Kaninchen nebenan ducken sich ängstlich in einem Winkel der Leporia zusammen, rümpfen die kurzen Nasen und lassen die Ohren hängen. Siebenschläfer und Mäuse erklettern in ewiger Unruhe die Wände der Glivaria.

Welche Pracht entfalten in den Aviarien die bunten und weißen Pfauen[17]) von Samos, die getupften Perlhühner aus Nubien, die Gold- und Silberfasanen von Colchis, und weiter links Tausende von Wachteln, Ortolanen und Krammetsvögeln, welche emsig die zur Mästung vorgeworfenen Feigen und Körner aufpicken. Und hier, ihr Freunde des Gesanges, die niedlichen gefiederten Sänger in ihren Goldkäfigen auf Ringen sich wiegend, während schläferige in dunkler Mast sitzende Kapaune drüben den stolzen Hahn von Rhodos, und die Tauben auf ihren Thürmen um die goldene Freiheit beneiden.

Doch scheiden wir von diesen schöngefiederten Vögeln, es ruft der Buccinator[18]) vom Thurme die neunte Tagesstunde[19]) an, das Solarium und die Clepsydra,[20]) verrathen die Zeit des beginnenden Mahles.

Das Mahl.[21])

Lucull's Toilette ist beendet; die Exercitatio und Bäder sind vorüber; seine Cicinni auf das sorgfältigste gebrannt und gesalbt; die Nägel gebürstet; die Finger=ringe angelegt. In den Silberspiegel noch einen letzten prüfenden Blick der Befriedigung werfend, winkt er als=bald dem Präpositus seines Hauses.

„Sind die Gäste gekommen, Jctus, und welche?"

„Alle, Herr, bis auf Cicero, der sich entschuldigen läßt, weil er zur Wahl eines neuen Aedilen nach Pom=peji reisen mußte. Cotta und Glabrio brachte ein Wagen von Bajae; der stolze Tribun Cethegus ist von Cuma herübergeeilt, Crassus, Manilius, Catulus, alle sind hier in deinen Mauern."

„Wohlan denn Jctus, meine ältesten Weine sollen heute, morgen und die ganze Woche fließen. Schließe die Thore, lasse Niemand ein noch aus, und sollten dir die Mittel ausgehen, so verpfände bei unsern Nachbarn mein Gold, mein Silber, meine Geschirre, mein ganzes Haus, aber meine Gäste sollen weder bei Tag noch bei Nacht zur Besinnung kommen!

„Was sind für Nachrichten von meinem Bruder angelangt?"

„Dein Bruder ist hier, ich versteckte ihn unter die Sklaven des Ergastulum, er wird bei Tische in der Maske eines Märchenerzählers deine Gäste unterhalten, und dir das Zeichen geben, wann Aeolus deinen Segeln günstig ist. Auch langte heute früh ein Bote aus Rom an. Die Götter scheinen meinem Gebieter gewogen zu sein. Pompejus stürzte und brach den Fuß, er wird dem Lucullus so bald nicht folgen können."

"Dank den Göttern! Auf denn zum Mahle und zur Arbeit! Versammle die Schlemmer im Atrium, sie sollen dort meiner harren!"

Neun rosenbekränzte Knaben in bunten hochgeschürzten Tuniken drängen mit den Armen die schweren Vorhänge des Tricliniums nach innen, denn Lucullus mit einem frischen Kranze von damaskischen Rosen und Myrten auf dem Haupte, ist endlich unter seine Gäste getreten, und hat nach den üblichen Umarmungen, Küssen[22] und Begrüßungsformeln die Gesellschaft in der heitersten Stimmung in den Apollosaal eingeführt, nachdem vorher den Laren das Salz, und den Penaten die Räucherkörner unter den gebräuchlichen Votis in die Räucherpfanne geworfen worden sind. Ein leiser Wink des Herrn und alsbald ordnen sich unter des Triclinarchus Anweisung die Gäste und lagern sich auf die Lecti.

Die Zahl der Musen wäre voll, wenn nicht Cicero fehlte. Ein den Uebrigen als Hausfreund Vorgestellter nimmt den leeren Platz ein.[23]

Junge Sklaven lösen den Lagernden die Sohlen ab, andere drücken ihnen frische Veilchenkränze auf die Stirnen, noch andere reichen in silbernen Kannen und Becken das mit Crocus-Saft geschwängerte Wasser zum Benetzen der Finger herum.

Der Speisemeister bemüht sich mit ernstkomischem Pathos den Speisezettel[24] vorzutragen, dessen Inhalt vielfach durch Kopfnicken begutachtet wird. Das Gustatorium als gewöhnliches Vorspiel zur Coena beginnt.

Vier Diener, die Ellbogen in die Seite gestemmt, tragen auf ihren Schultern ein gewaltiges Repositorium, mit pyramidal sich thürmenden Aufsätzen, die mit Platten und Schüsseln der verschiedensten Größe und Form bestellt sind. Die Aufmerksamkeit der Gäste erregt des Ferculums Mittelpunkt.

Ein aus Teig gekneteter, mit wirklichen Federn täuschend behängter Silberpfau, der bisher noch keine Tafel schmückte und dessen künstlich balancirter Kopf in Bewegung gesetzt ist, scheint aus den ihn umgebenden Schüsseln zu picken. Warme, aus der Schale gelöste Austern umlagern links eine kyzinische Muräne,[25] deren künstliche Flossen aus Silbergaze erzittern, und dem Fische Leben geben. Glasperlen sind statt der Augen eingesetzt. Neben ihr Berge von Eiern der verschiedensten Färbung auf einer Unterlage von cyprischen Salatblättern. Große Artischoken mit zubereiteten Schnecken[26] behängt, bilden in einer Sauce, aus der eßbare Eidechsen mit ihren niedlichen Köpfen hervorlugen, kleine Hügel. Ein Kranz von Muschelthieren und halbgeöffneten Austern[27] mit eingelegten Perlen umgiebt diese anmuthige Bildung, und reizt ebenso sehr den Gaumen als das Auge.

Auf der rechten Seite des Pfaues liegen auf einem vergoldeten Roste zwischen Pflaumen und Granatäpfelkernen wie auf glühenden Kohlen farcirte Würste[28] umgeben von Spargeln aus Ravenna, Zwiebeln und Boresch aus Aricia, Melonen und Kürbissen aus Sicilien, Lactuca und Radieschen aus eigener Zucht, Lacerten, mit Raute und byzantinischer Muria[20]) gewürzt. Frische Austern von den berühmten Bänken des Lucriner See's reichen nebenbei die Diener in großer Anzahl den Gästen zu. Auf kleinen silbernen Schalen werden diese Leckerbissen vom Scissor gehörig verkleinert und zerschnitten vorgelegt, dann mit den Fingern dem Munde zugeführt, und unter Schnalzen der Zunge gekostet und verzehrt.

Das Mulsum, einen, aus hymethischem Honig und Falerner Most gemischter Trank, kredenzt der Mundschenk in silbernen Tassen. Die Conversation, welche bisher noch stockte, beginnt sich zu heben, der Triclinarch kündigt alsbald den Anfang des eigentlichen Essens an:

Erster Gang: „Fasanen aus Colchis, Schnepfen und Krammetsvögel,[30]) gemästete Hühner mit Gänseleber.[31])

Der Tisch ist der Gustatio enthoben mit der zottigen Gausape abgewischt, Wasserkannen und Serviette haben die Runde gemacht, die fettigen Finger sind gereinigt.

Den ersten Gang sollen die Erzeugnisse des Hühnerhofes einnehmen. Wie durch Zauber steht plötzlich vor den erstaunten Gästen ein zweiter Aufsatz: Eines Fasanen Henne, dargestellt wie sie mit ihren sieben Küchlein vor einem mächtigen unsichtbaren Feinde zu fliehen scheint. Ihr Kopf ist nach oben gedreht, die Federn gesträubt, die Flügel ausgebreitet, um die ängstlich flatternden Jungen unter die schützende Decke zu nehmen. Ein Schrei der Bewunderung entfährt den Anwesenden beim Anblicke des Kunstwerks; doch schnell ist der unbarmherzige Scissor damit beschäftigt, das Thier seines geborgten Federnschmuckes zu entkleiden, und seinem geöffneten Leibe entfallen Trüffel, feine Gemüse, Gewürze und junge Erbsen. Die gerupften Jungen präsentiren sich nunmehr als gemästete und auf das Feinste zubereitete Feigendrosseln, Krammetsvögel oder Wachteln.

Nicht minder wirkungsvoll erscheinen die brütenden auf ihren Eiern sitzenden Schnepfen und Hennen, die schlafenden Hähne.

Ein ganzer Hühnerhof entschlüpft einem mit kapodocischen Salate gefüllten Korbe; man möchte versucht sein, die Thiere für lebend zu halten, wenn der Scissor nicht stets bemüht wäre, uns vom Gegentheile zu überzeugen.

Das Mulsum mundet den Trinkern nicht mehr, ein Musikchor auf der Gallerie gibt das Zeichen, daß mit dem mittleren Gange auch die Freuden des gefeierten Gottes Bacchus beginnen sollen. Wohlvergypste Amphoren werden von den mit Epheu bekränzten Knaben entkorkt, und deren ein halbes Säculum alter Inhalt recht behutsam in das silberne mit Schnee gefüllte Colum entleert, dann ordnungsmäßig in dem schönen Crater mit zwei Drittheilen Wasser gemischt. Der Mundschenk theilt das göttliche Naß [32]) mittelst des goldenen Cyathus in die glänzenden Becher der Convivii, welche nun auch dem Gotte zu Ehren die Veilchenkränze mit Laubgewinden vertauscht haben.

„Bene tibi, auf dein Wohl!" lautet der Ruf, der sich gegenseitig Zutrinkenden. Der Wein belebt die Stimmung ungemein. Und Lucullus sich zu seinen Gästen wendend, spricht:

„Cicero sandte mir von Capua zwei Gladiatoren zum Geschenke; beliebt es meinen Freunden ihre Kunst mitanzusehen?" Die Gäste nicken beifällig mit den Köpfen und es treten alsbald zwei halbnackte Gestalten ein. Ihre mit Fett gesalbten Körper bedecken unzählige Narben. Das Haupt umschließt ein großer eherner Helm, nach allen Seiten festgeschlossen, das Gesicht deckt ein durchsichtsloses Visir. Andabatae, blinde Fechter nennen sich diese unheimlichen Gestalten, die ihr Leben dem Zufalle weihen. Sie fechten ohne zu sehen und durch eine Kette aneinander gefesselt, damit sie sich im Kampfe nicht trennen können. Ihre Arme und Beine sind mit Binden umwickelt, in beiden Fäusten schwingen sie kurze stumpfe Schwerter dazu bestimmt ihre Leiber gegenseitig zu zerfleischen. Sich verfolgend und blindlings aufeinander stechend, vielfach ihr Ziel verfehlend, öfters still stehend, um des Gegners Standpunkt zu erspähen, sich gegenseitig täuschend, errathend und mit Hieb und Stich verwundend, bluten sie von allen Seiten; Haut und Fleisch hängen bald in Fetzen an ihnen herab. Die edlen Gäste lachen und spotten über die Wendungen und das Stöhnen der beiden blinden Fechter, deren verspritztes Blut ihre Gewänder bedeckt.

Der Spaß hat sie befriedigt, und — weiter wird gegessen.

Blenden³³) von durchsichtigem Zeuge über die Lampen gezogen lassen die ganze Scene plötzlich in einem matt rosigen Lichte erscheinen.

Unter den Tönen der Hörner und Flöten erscheint die media mensa, der zweite Gang:

„Hühnerpastete, garnirt mit Wildtauben, Zungen von Flamingos³⁴) und Gehirn von Wachteln, ferner Schnecken, Seekrebse und Muscheln.³⁵)

Die feinsten Gemüse aller Zonen, umgeben von einen Pastetenthurm aus Hühnerfleisch, der wohl zwei Drittheile des ganzen Tisches einnimmt. Um denselben in passenden Positionen, Wildtauben aus dem Neste gehoben, sitzend in feinem kappadocischen Salate³⁶) untermischt mit Kresse und pompejanischem Krauskohl, Cichore, kleinen Krebsen, Seefischen und das Auge ergötzenden Muscheln. Nach dem Takte der Hörner zerlegt der Scissor diese Pastete, und vertheilt deren Inhalt unter die Gäste. Salat aus Rosenblättern, welcher mittelst des Garum's,³⁷) einer aus den Eingeweiden und dem Blute des Sterletfisches gemischten Sauce angefeuchtet ist, begleitet eine mächtige Schüssel mit den feinsten Schellfischen, flachen Steinbutten, See-Aalen und Flundern, deren Zubereitung erst kürzlich von dem Koche Lucull's erfunden ward.

Doch alle diese culinarischen Hochgenüsse treten alsbald in den Hintergrund bei dem Erscheinen des mächtigen dreißigpfündigen an der Küste von Rhodos ins Netz gegangenen Störs, welcher ganz in Honig schwimmend, mit Gewürzen überladen unter dem Beifallsrufen der Versammelten der zerstörenden Hand des Zerlegers anheimfällt.

Nie noch war es bisher gelungen, dieses Thier lebend in die Küche gelangen zu machen, doch Lucull's Genie siegte diesmal über alle Hindernisse. Eigene Schiffe, Wärter und Gefäße begleiteten den Fisch zu seines Meisters Piscina.

Der Wein, welcher zum größten Lobe des umsichtigen Wirthes vorzüglich mundet, fängt an, einer höheren Stimmung Vorschub zu leisten. Witzworte und Epigramme kreuzen sich mit scherzhaften Aufforderunden zum Trinken. Mehrere Stimmen verlangen bereits nach Kurzweil und nach den üblichen Augenweiden. Glabrio's Kranz sitzt ihm auf den linken Ohre, Cotta's vorgehängte Serviette ist mit Wein= und Sauce=Flecken stark betupft, Catulus umarmt bald seine Nachbarn, bald die ihm sich nähern= den Diener, Manilius hat die Füße ganz hinaufgezogen, um die Tafel besser zu beherrschen und dem Cyathus, näher zu sein, Gabinius fettglänzendes Gesicht ist mit perlenden Schweißtropfen übersäet, kurz der alte Falerner beginnt in den Köpfen seinen Spuck zu treiben, und der Mundschenk sorgt bestens dafür, daß der Cyathus nicht zur Ruhe komme.

Schallendes Gelächter erhebt sich, denn ein feister Hase [38]) hat sich mit geborgten weißen Taubenflügeln in einen Pegasus umwandeln lassen. Ihn begleitet eine neue Amphora vom besten Setiner, dessen Inhalt die Stimmung auf den Culminations=Punkt bringen soll. Dem Verlangen nach Unterhaltung wird Folge gegeben.

Neun andalusische Tänzerinnen leicht geschürzt und in fliegenden Haaren treten auf: Cytheris sammt ihrer

Bande, aus Bajae verschrieben. Mit ihr die berühmte
Tertia, ferner Tychen mit den kleinen Füßen, Lycisca die
blondhaarige, Galla, Lyde, Chione, Neaera und Alecto.
Unter dem Schalle der Crusmatae und Cimbeln wirbeln
sie ihre wilden Tänze. Jeder der Anwesenden trachtet
ein Stück ihrer Schleier zu erhaschen. Neckisch den Gästen
sich nähernd, die mit Spangen überladenen Arme aus=
breitend, und im Tanze wieder fliehend, den Leib bald
hoch erhebend und auf den Fußspitzen wiegend, bald
auch in unnachahmlicher Anmuth nach unten biegend er=
regen sie die Bewunderung der Schlemmer.

Tertia, die wildeste von ihnen, mit den Perlenzähnen
und feurigen Augen läßt sich tanzend auf einem der Lecti
neben Cotta nieder und alsbald folgen die andern. Der
Cyathus schöpft immer feurigeren Geist in die Becher, die
Bacchanalien sind in vollem Gange.

Die bisherige Beleuchtung wechselt wieder, und
macht einer azurnen Platz. Blitzenden Sternen in zarten
Nebeln gleichen die Ringe und Nadeln in der Schleier=
umhüllung der Frauen. Die Decke des Gemaches hebt
sich unter schmelzenden Musiktönen, und ein Regen weißer
Rosenblätter [39]) senkt sich auf die Gäste nieder, Gewänder
und Tische bedeckend.

Mit Zahnstochern aus dem Holze der Mastixpalme
versehen, frische Servietten im Gürtel rüsten sich nun
die Gäste zur Caput coena, dem Hauptstücke des Mahles.

Der in grünes Jägergewand gekleidete mit goldenem
Speere bewaffnete Triclinarch kündet mit sonorer Stimme
den dritten Gang an:

„Wildschwein mit Salat, Spanferkel, gallischer Schin=
ken, Kaninchen und Mäuse.

Das immense Ferculum trägt jetzt einen lukanischen
Eber[40]) mit mächtigen Hauern, dessen Jagd zwei Men=
schen das Leben kostete.

Der Structor hat ihn auf höchst künstliche Art in
dem Momente dargestellt, wie er von einem Speer tödt=
lich getroffen zusammenbricht. Der Speer steckt ihm noch
in der Seite; aus der Wunde fließt ein künstlich aus
Honig und Wein nachgeahmtes Blut. Die Unterlage
aus grünen Gemüsen und Früchten stellt des Waldes
Flur dar, und ist von des Ebers Blut bespritzt. Statt
der Augen sind Purpurmuscheln dem Thiere eingesetzt,
die das Licht der Lampen glühend widerstrahlen; die
beiden Hauer sind künstlich geschnitztes Elfenbein.

Mit scharfem Messer zerlegt der Vorschneider den
Eber und zieht aus dem geöffneten Leibe in Form von
Gedärmen eine große Anzahl aneinander gereihter Würste
hervor. Neun Spanferkel[41]) durch die Hand des Bäckers
aus süßem Teige mit überraschender Aehnlichkeit nach=
gebildet, garniren den mächtigen Aufsatz. Jedem der
Gäste wird eins als Festgeschenk zugetheilt. Sie ent=
halten in ihrem Innern die mannigfaltigsten Ueber=
raschungen und Scherze, lebende Vögel und Mäuse, wohl
auch kostbare Geschenke, sowie seltene Früchte. Gemästete
Kaninchen, Schnittchen von Haselmäusen[42]) auf Honig=
brod,[43]) Schinken in Saturei oder Senffauce[44]) voll=
enden den Aufsatz der Caput coena.

Auf dem Haupte die phrygische Mütze und in kurzen

anliegenden Beinkleidern erſcheinen auf einen Wink Lu=
cull's zwei zehnjährige ſyriſche Mädchen, Subligatae ge=
nannt.

Mit Behendigkeit Dolche mit nach oben gekehrter
Spitze auf dem Boden feſtſteckend, ſo zwar, daß zwiſchen
denſelben kaum die Fläche einer Hand Platz findet, tan=
zen ſie, auf ihren Händen den Kopf nach unten, zwiſchen
dieſen ſcharfen Eiſen, jede Fehlbewegung vermeidend,
die ihnen Verwundung, ja ſelbſt den Tod bringen könnte.

Alsbald beginnen unter den Zuſchauern, welche dieſe
neue Kurzweil mit Spannung verfolgen, die Aufforde=
rungen zu Wetten, welches der beiden Mädchen ſiegen,
welches unterliegen werde. Hohe Summen ſtehen auf
der Gauklerinen Köpfe, und immer wilder, immer ſchnel=
ler wird der gefährliche Tanz. Die Geſichter der Mäd=
chen röthen ſich von dem einſchießenden Blute, die Stirnen
berühren faſt der Dolche ſcharfe Spitzen doch die kleinen
Händchen weichen mit Geſchicklichkeit dem töbtlichen
Eiſen aus.

Wildſchwein und Spanferkel vergeſſend, verfolgen
die Trunkenen mit leidenſchaftlichen Blicken das grauſame,
vermeſſene Spiel.

Da plötzlich hört man einen kurzen Angſtſchrei und
Berenice die ältere der beiden Tänzerinnen die Geſichts=
farbe ändernd, dann erblaſſend, knickt in den Ellbogen
zuſammen und ihr Leib ſinkt in einem ſchönen Bogen
über die Dolche hin, deren Spitzen ihre Bruſt durch=
dringen; ihr Blut ſpritzt nach allen Seiten; zwei Sklaven
entfernen den Körper des unglücklichen, lebloſen Mädchens.

„Werft sie in den Fischbehälter“, so rufen mehrere Stim=
men, „die Fische lieben solche frische Aßung.“ Ihre
Gefährtin schnell nun auf die Füße springend wird mit
der Siegespalme bedacht und in ihre Mütze wirft Lu=
cull einen silbernen Becher mit Münzen zum Geschenke.

Dem Colum ist unterdessen frischer Schnee nebst
einer Amphore des besten Faustinianers zugeführt worden,
der Nachtisch hält seinen Einzug:

„Honigkuchen, Süßigkeiten und frisches, sowie ein=
gemachtes Obst.“

An einem silbernen Reifen senken sich durch die
geöffnete Decke feine Körbchen, Backwerk enthaltend auf
den Tisch herab. Aus Brodteig geformte Muscheln,
Vögel und Früchte, mit getrockneten Datteln, Weinbeeren
und Mandeln gefüllt überraschen durch ihre Mannig=
faltigkeit in Form und Ausstattung. Auch Fiolen mit
köstlichen Essenzen zum Benetzen der Gewänder enthalten
diese Körbchen und vorzüglich duftendes Oenanthinum aus
den Blüthen der Cyprusstaude, Amaracinum aus Amaran,
Metopium aus Bittermandeln, Susinum aus Lilien ge=
preßt, sowie Regale unguentum aus dem Partherreiche
reizen die Geruchssinne der Anwesenden.

Ein Gemurmel der Befriedigung erhebt sich nun
auch bei dem Eintritte des Märchenerzählers, eines Grei=
ses mit herabwallendem Silberhaare und Barte, den
Lorbeer auf dem Haupte. Seinen Platz auf der Sella
vor den Conviviis nehmend, beginnt er also:

———

Das Märchen des Almenor.⁴⁵)

„In jenen Zeiten, als die Thiere noch mit Verstand
und Sprache begabt, die Welt regierten, war einmal im
fernen Osten ein Bärenkönig, der von Ruhmesgier ge=
trieben es unternahm, ein tapferes Volk im Westen, das
Volk der Wölfe zu bekriegen. Bestürzung herrschte bei
den Wölfen ob dieser Kunde. Auf dem Kapitol that sich
der Senat zusammen, und beschloß nach langer Berathung
ein mächtiges Heer auszurüsten, um damit den Bären
entgegenzuziehen. Streiter und Wölfe aus allen Gauen
liefen zusammen zum blutigen Kampfe.

„Nur um einen tüchtigen Feldherrn und Heeres=
führer handelte es sich noch; auch dieser ward gefunden.

„Ein starker Meister Wolf mit allen ritterlichen
Tugenden, mit Muth und Schlauheit besonders begabt,
geübt in der Kunst des Krieges ward vom Volke aus=
erkoren, das mächtige Heer anzuführen.

„Doch seine Wahl fand bald im Senate und bei
den Zurückgesetzten große Neider, Schmäher und Wider=
sacher. Die einen meinten, er sei noch zu jung und un=
erfahren, die andern, er habe zu lange Ohren, noch
andere, er habe, stets unzufrieden, im Senate geheult
und geknurrt, und könnte nun leicht die ihm verliehene
Gewalt mißbrauchend, mit solch' gewaltigem Heere sich
die Herrschaft über Staat und Volk erzwingen. Man
beschuldigte ihn selbst, durch Bestechungen und Gold sich
die Stimmen erkauft zu haben.

„Der Feldherr in seiner Noth wandte sich an eine mächtige Zauberin, welche eine Höhle am Meeresstrande bewohnte, und rief sie um ihren Beistand an. Sie zeigte sich willfährig, gab ihm ein giftiges Kraut und sprach:

„Lade deine Feinde zum Mahle ein, mische unter ihren Wein den Saft dieser Wurzel und ziehe dann in Frieden!"

„Der Feldherr that, wie es ihm die Saga befohlen hatte, und sie kamen alle, die Feinde und die Neider, um an seinem Tisch zu essen, und von seinem Wein zu trinken.

„Nach dem dritten Gange, als die Gäste dem vermischten Falerner tüchtig zugesprochen hatten, verwandelten sie sich plötzlich durch der Zauberin Willen alle in — Affen.

„Zähnefletschend mit wunderlichen Geberden sprangen sie nun im Triclinium herum, kletterten an den Säulen und Portiken auf und ab, setzten über Tische und Sitze, leerten die Becher und Schüsseln und zerstörten die Geschirre.

„Der Gastgeber, erstaunt über die Umwandlung befahl seinen Dienern, dieses neue Thiergeschlecht einzufangen, in seine Vivarien einzusperren, sowie sorgsam zu hüten, bis daß er wiederkäme, und reiste dann ohne Verzug dem Heere nach, fand nach langer Wanderung den Feind, griff ihn bei Nacht unvermuthet an, tödtete wohl an hunderttausend seiner Streiter, nahm den alten König in seinem Zelte gefangen und führte ihn nebst dem ganzen Trosse der Weiber, Kinder, Knechte im Triumphe in der Wölfe Hauptstadt ein.

„Das Volk jubelte, und bot dem kühnen Führer Ehrenstellen und Geschenke an. Er jedoch schlug Alles aus, begnügte sich mit der gemachten Beute, und ward was er früher gewesen war, seines Staates erster und treuester Bürger.

„Und die Affen?

„Sie blieben Affen, halb Thier, halb Mensch, für ewig ein Symbol des Neides und bestrafter Mißgunst."

Almenor's Erzählung ist beendet, die ihm zugeworfenen Goldmünzen hebt er mit zitternder Hand von dem Boden auf, und geleitet von einem Knaben, verläßt er den Saal. Lucullus hat mit scharfem Kennerblicke die Mienen seiner trunkenen Gäste beobachtet, jedoch kein einziger Zug auf dem Antlitze des einen oder des andern bekundet ein Eingehen in den Sinn der Erzählung. Schläferige Augen, schlaffe Muskelbewegungen und geistlose Reden beweisen, daß das Fassungsvermögen erloschen ist, und der Bauch bereits das Regiment des Körpers übernommen hat.

Klötzen gleich sind sie geworden, die Worte der Sibylle sind erfüllt, der Cyathus hat gesiegt.

„Wein, mehr Wein! Bacchus soll leben!" so lallen ihre schweren Zungen, und neue Amphoren ersetzen die leeren. Die Musik tönt in wilderen Weisen, die Bacchantinnen umkreisen die Tische und wetteifern im Trinken mit den Männern. „Bene vos, bene nos!" schallt es von allen Seiten, es steigen die Becher, es schäumet der Wein. Sie trinken und trinken.

Nur Einer ist noch nüchtern.

Durch die Lüfte tönt die Stimme der Sibylle mah=
nend an sein lauschendes Ohr:

„Muth Lucull', Muth! Mithridates wird die Zeche
zahlen.“

Das Trinkgelage. [46])

„Auf! zum Rosensaale ihr Diener!“ so ertönt der
Befehl des Herrn, und kräftige Nubier schieben alsbald
die Lecti mit den Daraufliegenden hinüber in das Neben=
gemach.

Tarentinische Silberkandelaber [47]) deren Lampen [48])
mit dem betäubenden Balaninum, dem Oel aus der ara=
bischen Bechernuß, gefüllt brennen, erleuchten den Rosen=
saal, dessen von pompejanischen Künstlern reich bemalte
Wände von den Guirlanden und Kränzen milesischer
Rosen fast ganz verdeckt werden. Die Teppiche, welche
den Fußboden umspannen, duften von Rosenöl, und schön
bekränzte Knaben streuen die Blätter zu Tausenden aus.

Auf den Seitentischchen stehen goldene Käfige mit
herrlichen Singvögeln, auch mit weißen Mäusen gefüllt.
Die Piscina aus schwarzem Marmor tränkt ein dem Me=
dusenhaupte entspringender Wasserstrahl. Goldbrassen,
Grundeln und Muscheln, sowie träge Molusken, Krebse
und Schildkröten bevölkern dieselbe. Auf der obern

Terrasse wiegen stolze Pfauen ihren glänzenden Feder=
schmuck.

Faustinianer und rother Falerner werden vom Mund=
schenk gemischt, und in die goldenen flachen Trinkschalen
vertheilt.

Hinter dem wolligen Vorhange, der die Töne dämpft,
spielt die Musik einschmeichelnde Weisen. Pyrgus und
Tali, Würfelbecher und Würfel aus Gazellenknochen
geschnitten mit Punkten und Streifen bezeichnet rasseln
bald auf dem Alveus; Goldmünzen laufen von Hand zu
Hand, alle Leidenschaften sind gestachelt; Hohn und Spott
werden reichlich dem unglücklichen Würfler des Hunde=
wurfes gezollt. Der erste Venereus fällt: Eins, drei, vier,
sechs, und Lucullus der Glückliche ist zum Könige des Ge=
lages der über Cyathus und Crater gebieten soll, erwählt.
Lucullus hat bei der dritten Amphore ohne bemerkt zu
werden, die Mischung des Weines mit Wasser umkehren
lassen, und größere Becher verlangt, um nach griechischer
Sitte zu zechen. [40]) Sechs Cyathos fassen die neuen
Krystalle, welche auf einen Zug geleert werden, da sie
des Fußes entbehren.

Die vom Mahle erschlafften Glieder durchzuckt neues
Feuer und Leben, hitziger wird das Spiel, höher steigen
die Wetten. Taumelnd sich von den Lectis erhebend
und die Würfel rollend, dann wieder in die Kissen mit
einer Verwünschung der Göttin Fortuna zurücksinkend,
spielen sie weiter, immer mehr wagend je mehr sie ver=
lieren.

„Zehntausend Denaren," so ruft der trunkene Metellus „dem, der den Venereus wirft!"

„Zehntausend zahle, der ihn fehlt," erwiedern alle, „und wirft einer den Hundewurf, so gelte es doppelt."

Wiederum klappern die Becher, und rollen die Knöchel.

„Zwanzigtausend! auch die Sechs verliert," so schreit Cotta.

„Wir halten," ruft die andere Seite des Tisches, und die unglückliche Sechs fällt aus Glabrios Becher.

„Verdammte Knochen," murmelt er, und schlägt mit der Faust auf den Alveus, daß die Würfel in die Höhe hüpfen.

„Vierzigtausend! wer hält gegen, der Venereus fällt in drei Würfen?"

„Es gilt," so rufen die Andern, „Eins und nochmals Eins, und zum drittenmale Eins, entschlüpft dem Pyrgus.

Schallendes Gelächter, das Gold rollt hinüber zu den Gegnern.

Die Bacchantinnen umschwärmen die Tische in wilden Sprüngen.

Manilius und Cethejus sind auf ihren Sitzen eingeschlafen; vor ihnen steht das begonnene Zwölfnummern-Spiel ⁵⁰) mit Würfeln und Steinen. Die Goldstücke sind zu Boden gefallen, und eine Beute der umstehenden Diener geworden.

Crassus der Geizhals zur Erde sitzend, den Rücken an das Lectum gelehnt blinzelt mit den Augen die vergebens mit den bleischweren Lidern kämpfen.

Aus dem Apollosaale schallt rohes Gelächter herüber. Die Diener sind über die Reste des Mahles gleich Wölfen hergefallen, und berauscht wie ihre Herren liegen sie auf den Ruhebetten. Das bei dem gemeinen Volke so beliebte Spiel „Unicare digitis" welches in dem Errathen der Anzahl schnell ausgestreckter Finger besteht, sowie das Aufwerfen der Münzen Capita oder Navia wird mit zunehmender Heftigkeit und unter betäubendem Geschrei fortgeführt. Die Stunden verfliegen.

Tiefe Nacht herrscht draußen; durch den halbgeöffneten Vorhang weht eine kühlende Luft, es blicken die Sterne am Firmament durch die gehobene Decke des Gemaches hindurch auf die welkenden Rosen an ihren schlaffen Schnüren, auf umgestürzte Tische, rollende Becher und Würfel; auf die trunkenen müden Gäste, welche der Schein der russenden und ersterbenden Flammen[51]) traurig beleuchtet.

„Mehr Wein, mehr Wein," befiehlt Lucullus. Doch die Becher entfallen der Faust, über und durcheinander taumelnd, stürzen die Trinker, von den Netzen des Bacchus umgarnt, und ihrer nicht mehr bewußt. Sie lallen, stöhnen und schlafen endlich. Still wird es im Raume. —

Schon vergoldet der erste Strahl des neuen Tages die Spitzen der Cypressen, Phöbus feuerige Rosse wiehern und Lucull' hebt von des Tisches Mitte den größten der Becher.

„Heil dir Sibylle!" so ruft er, und schleudert nach=
dem er vom Inhalte getrunken, den Kelch auf den Mo=
saik in des Saales Mitte, daß die Scherben klirrend
auseinander fahren.

Und dem haftigen Schrittes Davoneilenden winkt
eine Frauen=Gestalt:

„Heil auch dir Lucull, Verderben den Feinden!"
so ruft sie und — zischend erlöschen die Lampen.

Der große Fischbehälter. [52])

Eine ruhige friedliche Welt bergen diese unterirdischen
rauhen Gewölbe. Kryftallzapfen in Form von Pflanzen
und versteinertem Gewürm hängen von der Wölbung
herab, an ihrer unteren Spitze Wassertropfen tragend,
welche in gemessenen Zeitabschnitten sanft tönend und
kleine zitternde Kreise erzeugend auf die glatte Spiegel=
fläche des Wassers fallen. Vom Meere her führt der
in den Fels gehauene Kanal diesem Riesenbehälter stets
frisches Seewasser zu; kunstvolle Thore und Schleußen
verhindern die geschuppten Inwohner ihrem Gefängnisse
zu entfliehen oder in Diebeshände zu gelangen. Schmale,
in den Fels eingeschnittene Stege, Uebergänge und Brücken
erleichtern den vielen Wärtern die Uebersicht und die
Pflege der Thiere.

Die Fische Lucull's nicht minder berühmt, als die geheiligten Gänse des Capitols, genießen hier einer außergewöhnlichen Zucht und Pflege, denn welche Piscina der Welt könnte sich auch der Goldbraffen von acht Pfund, solcher Butten, Flunder, Muränen aus Tartessus, Schellfische und Aale aus Pessimus, der feinen Scari aus Kleinasien, und einer Brut von Stören aus Rhodos wie die des Lucull rühmen?

Noch ist die Stunde der Fütterung fern, und dennoch klirren die Ketten und knarren die Hebel des Haupteinganges.

Geharnischte Männer mit Waffen von einem Diener die Schilffackel vorhaltend, geleitet, klettern über die in den Fels gehauenen Stufen in die Piscina hinab. Ein kleiner Kahn nimmt Lucull und seine Gefährten auf, und gebückten Hauptes gleiten sie auf der dunklen Wasserfläche durch das Gewölbe nach den Schleußenthoren des Hauptkanals hin. Die Fische von dem ungewohnten Schauspiele erschreckt, stürzen sich durch einen kurzen Schlag der Flosse in die Tiefe hinab. Die Hebel und Eisen der Wasserthore ächzen, und schnell fliegt der Kahn der offnen See zu. Noch einen Blick des Dankes wirft Lucull zu Cumas Felsen hinüber; es gleitet der kostbare Ring vom Finger als Dankesopfer in die Fluth hinab und fort geht es den Schiffen zu, die den Feldherrn nach Kleinasiens ferner Küste bringen sollen.

Auf dem Vorgebirge, an des Felsens äußerster Spitze, der Stelle wo Dädalus dem Gotte seine Flügel, die ihn von Kreta hierhergetragen, weihte, steht Lydia

in weiße Gewänder gehüllt. Die Blicke meerwärts ge=
richtet, folgt sie den Schiffen, welche ihren Gatten tragen.
So lange ihr thränenfeuchtes Auge die schwindenden
Segel wahrzunehmen vermag, winken ihre Hände dem
Scheidenden Grüße zu.

„Lebe wohl mein Geliebter, kehre als Sieger zurück;
mögen die Götter deinem Unternehmen gewogen sein,"
so ruft sie in die Nacht hinaus, „hier am Gestade will
ich weilen, und deiner Botschaft harrend den Göttern
opfern, auf daß sie deine Schritte lenken zum Siege
über die Feinde des Vaterlandes."

Und allabendlich zu derselben Stunde kehrt sie wie=
der, und spähet hinaus, des fernen Gatten gedenkend.

Neunmal schon ist der Sonnengott mit seinem Ge=
spann ins Meer hinabgesunken, und auf Cumas Felsen
steht wieder Lydias weiße Gestalt; ihre Blicke streifen
sehnsüchtig über die Meeresfläche. Donner rollen und
Blitze zucken, ein mächtiger Sturm peitscht die Wogen,
daß die Brandung hoch aufspritzt.

„Gieb, o Vater Zeus mir ein Zeichen," so ruft sie,
„daß mein Gatte Lucull aus des Meeres und aus der
Kriege Wogen siegreich und wohlbehalten heimkehrt!"

Und plötzlich taucht wie aus dem Meere ein mäch=
tiger Adler, von dem Sturme aus seinem Felsenneste
vertrieben zu ihren Füßen auf, seinen Flug landwärts
nehmend.

„Hab' Dank o Zeus, für diesen Boten meiner Sehn=
sucht, meines Glückes, als Adler wird Lucullus wieder=
kehren und auf dem Kapitol sich niederlassen als ein

Retter seines Vaterlandes und als der Schrecken seiner Feinde."

Ihr Haupt in die nassen Gewänder hüllend, dem Sturme trotzend, erwartet Lydia an den Felsen gelehnt den kommenden Morgen. Noch siebenmal kehrt sie am Abend zur Stelle zurück, wo der Gott sie erhörte, da endlich kommen die geflügelten Boten, die Tauben [53] Lucull's.

„Mithridates ist besiegt. Auf nun nach Rom!"

Rom und Ende.

Die Straßen sind entleert, die schaulustige Menge hat sich verlaufen, denn Lucull's Triumphzug ist beendet.

Auf dem Boden seines Atriums neben seinem blu= tigen Schwerte liegt Aurelius Cotta; Todtenblässe be= deckt sein Antlitz, die hohlen Augen sind nach der Thür gerichtet. Den Oberleib auf den linken Arm stützend, sucht er mit der rechten Hand das Blut seiner Seiten= wunde zurückzudrängen, um dem Tode noch eine Spanne Zeit abzugewinnen.

Da endlich rauscht der Vorhang und vor ihm steht Aeilius Glabrio, der ersehnte Freund.

Mit aufgehobenem zitterndem Finger deutet Cotta nach der Straße, und in gebrochenen Worten spricht er:

„Denkst du o Freund noch an Tusculanum und an das Märchen des Almenor? Der Bärenkönig, den man gefesselt im Triumphe nach der Wölfe Hauptstadt führte ist, — so dünkt mir — Mithridates, der Wolf und Sieger ist — Lucullus, und wir o Freund, wir sind — die Affen!

„Ich steige jetzt zum Hades hinab, um unsere Schmach in Lethes Fluthen zu vergessen,

„Leb' wohl Aeilius, leb' wohl!"

Noten.

1) Die Sibyllen, meistens erkaufte und abgerichtete Weiber, dienten häufig zur Durchführung von Staats= sowie Privat=Intriguen.

2) Lucullus, Consul und einer der tüchtigsten Feldherrn seiner Zeit, ward 74 v. Chr. G. zum Heeresführer im Kriege gegen Mithridates erkoren. Von seinen Neidern und Feinden wurden heftige Intriguen und selbst Meutereien unter den ihm untergebenen Soldaten angezettelt, so daß er die Früchte seiner Siege nicht genießen konnte und verdrossen nach Rom zurück= kehrte. Er erhielt jedoch einen Triumph, zog sich dann in das Privatleben zurück und vergeudete seinen ganzen Reichthum in Schwelgereien und üppigem Leben.

Seine ärgsten Feinde waren Manlius und Cnejus Pom= pejus.

Aurelius Cotta war sein Mitconsul, Aeilius Glabrio folgte ihm.

3) Bajae diente dem Römer als Sommerfrische, hatte heilbringende Schwefel= und Seebäder, und war wegen des dort eingeführten zügellosen Lebens sehr berüchtigt.

Bajas sibi celebrandas luxurias desumsit, sagt Seneca.

4) Coquus Koch und Pistor verfertigten auch neben Brod die Süßigkeiten, dulcia, der Lactarius lieferte Milchbrod und Kuchen. der Pistor candidarius, das Weißbrod.

5) Die römischen Villen hatten gewöhnlich zwei turres Thürmchen, die sich um mehrere Stockwerke über das Haus erhoben.

6) Der bunten Gondeln gedenkt Seneca, sie waren bemalt, und hatten purpurfarbige Segel; das Wasser in denen sie schwam=

men wurde öfters mit Rosenblättern bestreut; Fluitantem toto lacu rosam.

7) Rheda, ein vierräderiger Reisewagen gallischen Ursprungs. Carruca, eleganter Stadt- und Staatswagen, war auch zum Schlafen eingerichtet. Die Thiere gingen im Joche, nur bei Viergespannen gingen die äußeren Pferde an Strängen, sie hießen deshalb Funales. Man nahm auch Maulthiere und fuhr gewöhnlich mit gemietheten Thieren und Agitatores, Kutschern.

8) Die Schwefelquellen Bajae's hatten besondere Heilkraft. Sie wurden als Sudatorien, Schwitzbäder sehr heiß benützt, da wo die Dämpfe zu Tag gingen. Es war auch die ganze Gegend mit Sulfuraten gesegnet.

9) Die Unverschämtheit der Bettler an Thoren und Brücken war sehr groß. Sie küßten den Gebern die Hände, und beschimpften die ohne Almosen Vorübergehenden. Blandaque devexae jactaret basia rhedae, sagt Juvenal.

10) Tusculanum hieß die dem Lucull gehörige bei Bauli liegende Villa. Noch heute zeigt man Ueberreste der prächtigen Säle, die dieselbe zierten. In ihr starb Tiberius.

11) Zum Reinigen der Fußböden hatte man Scopae, Besen aus den Reisern der wilden Myrthe, oxymyrsine, sowie auch der Tamariske, tamarix gallica; Schwämme, spongiae aus Anthiphellos. Sie hießen Peniculi, wenn sie an einem Stiele befestigt waren, und wurden auch zum Reinigen des Schuhwerkes gebraucht. Die Böden der Gänge wurden mit Sägemehl und Safran bestreut. Die Gausapa villosa wurde hingegen zum Reinigen der Möbel gebraucht.

12) Oeci nannte man die großen, zu Speisezimmern benützten Prachtsäle.

13) Der äthiopische Spiegelstein, Obsidian, mit dem man die Wände auslegte, diente zugleich als Spiegel: Quem in Aethiopia invenit Obsidius, nigerrimi coloris, pro imagine umbras reddente, sagt Plinius.

14) Die Decken bildeten einen Rost mit vertieften Feldern, die man Laci nannte, und mit Gold auslegte. Et cum auro tecta perfundimus, sagt Seneca. — Sie ließen sich mit geheimer Maschinerie öffnen und wieder schließen.

15) Diese monopodien, ungeheure Tischplatten, lieferte die thuia. cypressiodes aus Mauretanien, sagt Plinius, sie kosteten öfters 30—50,000 Thaler.

16) mappa, die Serviette mit Goldfranzen trug man im Gürtel.

17) Pfauen kamen aus Samos und waren ein besonderer Gegenstand der Zucht. Zu Varros Zeit kostete ein Ei 5 Denare, ein Pfau das Doppelte, etwa 10 Thaler. Perlhühner aus Numidien, numidia meleargris Linnei.

Fasanen aus Colchis aus Eiern durch gewöhnliche Hühner ausgebrütet und dann gemästet.

Tauben ungemein beliebt und gezüchtet. 5000 Stück in einem Schlag, erzählt Varro.

18) Sklaven waren als Uhrwächter angestellt, Buccinatores zeigten laut die Stunden an, sagt Petron.

19) Die Stunde des Mittagsessens war die neunte des Tages, nämlich 2 Uhr 31 Min. im Sommer und 1 Uhr 29 Min. im Winter nach unserer Zeitrechnung.

20) Die erste Sonnenuhr fand man 1741 bei Tusculum, später eine in Pompeji, 1843 eine bei Cannstadt.

Die Wasseruhren clepsydrae glichen unseren Sanduhren.

21) Eine Mahlzeit bestand, wenn sie coena recta sein sollte, aus drei Theilen:

1) Gustatio, 2) fercula, 3) mensa secunda.

22) Das Küssen ward so zur Unsitte, daß Tiber ein Edikt dagegen ergehen ließ. Effugere Romae non est basiationes! ruft Martial.

23) Nach damaliger Sitte war die Anzahl der Gäste nicht unter drei, und nicht über neun, die Zahl der Grazien und Musen. Im Nothfalle brachte man zur Ausgleichung einen Umbra, Schatten mit, der den untersten Platz einnehmen mußte.

24) Prima mensa: Phasianae colchorum, ficedulae et turdi, gallina altilis, jecur anseris.

Media mensa: Altilia ex farina involuta, turturorum corona, phoenicopterum linguae, coturnicis cerebrum, squillae cochleae, et omnes fere conchulae.

Mensa tertia: Aper Lactucae corona, porcelli lactentes, vulvae, pernae galliae, cuniculi et glires.

Bellaria impomenta, panes picentes, pastilli, placentae, poma et opera pistoria.

25) Muräne, ein Meeraal, auch conger und anguilla.

26) Schnecken wurden in eigenen Gehegen auf kleinen Inselchen, die man mit künstlichem Thau befeuchtete, gehalten sagt Plinius.

27) Ostreae Austern, mit denen man ungeheuren Luxus trieb, und von Lucrino, Circeae, Brundusium, sogar aus Britanien bezog. Man mästete sie, aß sie roh und gebraten, mit Austernbrod, dem panis ostrearius.

28) Würste stark begehrt, wohl stärker gewürzt als jetzt, farcimen, botuli Blutwürste, tomaculae Cervelatwürste, hillae geräucherte.

29) muria, Salzlake aus byzantinischen Thunfischen bereitet.

30) Krammetsvögel sehr beliebt, wurden in besondern Ornithonen gemästet und mit 16 Sgr. pro Stück bezahlt. Eine Züchterei lieferte jährlich an 300 Thaler Renten.

Turdurorum corona. Man faßte die Schüsseln damit ein.

31) Gänseleber, sehr gesucht. Man mästete die Gänse mit Feigen und Datteln. Eine Gans kostete 200 Denaren.

32) Falerner Wein, album weißer, niger rother. Man fälschte ihn mit sapa und defructum. Der Faustinianer war der Beste. Auch machte man Bowlen, besonders potu dulcia für Frauen, dann auch Absynth, rosatum und conditum, sowie mit Honig mulsum. Das Fälschen des Alters war häufig, sagt Martial, denn man trank Opimianum als es keinen mehr geben konnte, wie heute den 1811er.

33) Das Blenden der Lampen geschah mit dünnen Hornplatten oder geölter und gefärbter Leinwand.

34) Vitellius aß Flamingo=Zungen als Leckerbissen, und Aesop der Schauspieler briet Singvögel, erzählt Plinius.

35) Sehr beliebt waren Schalthiere, frisch und gesalzen recentes pungati et salsi darunter murex Purpurmuschel, peloris Gienmuschel, pecten Kammmuschel, sphondilus Lazarusklappe, squila Seekrebs.

36) Salat, sehr gern gegessen, besonders caeciliana grün und roth, cappadoca gelb, boëtica weiß.

Kohl brassica wurde mit Salpeter grün gefärbt, crispo folio, Krauskohl.

37) Garum unſer Caviar.

asellus Schellfiſch aus Peſſinus ſehr geſchätzt, rhombus Rhombe, Butte aus Ravenna, passer Flunder, lupus Hecht.

38) Als Braten ſchätzte man beſonders lepores Haſen. Des be=ſchriebenen Federnſchmuckes erwähnt Petron:

... leporem in medio pennis subornatum, ut pegasus videretur. Die Schulterblätter waren das feinſte Stück.

39) Es regnete während des Mahles Roſenblätter, Blumen und Eſſenzen, ſagen Dio Caſſius und Ovid.

40) Ein Eber durfte bei keinem ſeinen Mahle fehlen. Man hielt es für anſtändig, ihn ganz auf den Tiſch zu bringen. Luka=niſche und tuskiſche berühmt. Man hegte ſie in Vivarien.

41) Spanferkel porcelli lactentes, auch zahme Schweine, dann galliſcher, meropiſcher und marſiſcher Schinken ſehr beliebt.

42) Haſelmäuſe und Siebenſchläfer wurden in eigenen Glivarien gemäſtet, und galten als Leckerbiſſen. Die Glivarien waren Höfe mit glatten Wänden und Eichbäumen. Das Mäſten der Mäuſe geſchah in Töpfen mittelſt Kaſtanien, ſagen Plinius und Varro.

43) Das Brob war flach, nur zwei Zoll bick, rund ober eckig. Das beſte von Weizenmehl siligineus, tener, niveus, candidus mundus.—Zwieback panes picentes, Pumpernikel copta, Honig=kuchen placenta. Die Anfertigung dieſes Backwerks war das Geſchäft der dulciarii und lactarii. Honig beſonders aus Calydna, Attika und dem blumenreichen Hybla auf Sicilien. Den ſprichwörtlich ſchlechteſten lieferte Corſika.

44) Condimenta, Gewürze waren in Unmaſſe vorhanden: piper Pfeffer, ligusticum Liebſtöckel, allium Knoblauch, corriandrum Korriander, careum Kümmel, portulaca Portulak die häufigſten.

45) Die Recitation von Gedichten und poetiſchen Kleinigkeiten, ſowie von Märchen war gewöhnlich eine Plage für die Gäſte. Dazu geſellte ſich die Muſik der Symphoniaci, die Tänzer saltatores, die Seiltänzer petauristae, die Gaukler funambuli, die Poſſenreißer moriones.

Die Lectores und die Märchenerzähler waren bie an=
ständigsten., und daher am wenigsten beliebt, man zog Poffen
und Zoten vor.

46) Commissatio das Trinkgelage, ein nothwendiger Appendix zur
Coena, wobei es sehr wild zuging.

47) Kandelaber vorzüglich aus Tarent und Aegina, kunstvoll ge=
arbeitet.

48) Man füllte die Luxuslampen mit duftenden und die Nerven
betäubenden Oelen, sagt Petron.

49) Graeco more bibere auf griechisch trinken. Man trank dem
Andern zu, und forderte ihn auf, ein Gleiches zu thun.

Propino magnum poculum! lautete die Aufforderung.

Bene te ober bene tibi, bene vos, bene nos, euer, unser
Wohl!

50) Der Ludus duodecim scriptorum Zwölfnummernspiel ist unser
heutiges Tricktrak.

Unicare digitis die heutige italienische Mora. Capita
aut navia: Kopf oder Schrift der Neuzeit.

51) Die Lampen waren zu klein, um eine ganze Nacht auszuhalten,
mußten somit nachgefüllt werden.

Jam et triclinarchus experrectus lucernis occidentibus
oleum infuderat, sagt Petron.

52) Piscina mirabilis des Lucull heute noch sichtbar von 216
Fuß Länge mit vier Reihen hoher Kreuzgewölbe, von 48 Pi=
lastern getragen.

Ein in den Fels gehauener Kanal führte der Piscina
stets frisches Seewasser zu.

Quem ob injectas molas mari et receptum suffosis
montibus in terras mare — Pompejus Xerxem togatum
vocare assueverat.

53) Man kannte Brieftauben bereits im Alterthume und bediente
sich deren vorzüglich in Kriegszeiten zum Ueberbringen von
Nachrichten, sagt Plinius.

... epistolas annexas earum pedibus in castra mittente —
Die Zettel waren an ihren Füßen befestigt.

Die großen Wagenrennen

am Feste der Flora

im Circus maximus zu Rom.

10 n. Chr. G.

Im Stalle. — In den Thermen des Agrippa. — Die Circusprozession. — Die Rennbahn. — Die Kinderstube.

Motto: Panem et circenses!

Im Stalle.

„Zweihunderttausend Sesterzen bietet durch mich Cäsar Augustus seinem Freunde Aemilius Gutta, dem großen Wagenlenker, wenn bei dem morgigen Rennen mit ihm die grüne Farbe siegt."

„Geh' Cestus, und sage deinem Cäsar, er sei ein großer Knicker; Julia seine Tochter bot mir ehegestern erst fünf Beutel Gold, um mich für die Blauen anzuwerben, und, bei der Pferdegöttin Epone! das zweifache gäben mir die Ritter von der Weißen, wollte ich mich zu ihrer Farbe bekennen. Doch ein Wagenlenker hat auch seine Ehre; die Blauen werden mit mir siegen, sage ich dir Cestus; zudem zahlt Julia auch noch in einer andern Münze, ich weiß das aus Erfahrung.

„Sieh' meinen schwarzen Hengst Passerinus mit den weißen Tibialen und gestehe Freund, neben ihm sind alle Tigris, Sagittas und Pyrois nur elende Mähren.

„Aus dem berühmten Gestüte des Hypolitus auf Sicilien stammend, ¹) ein Abkömmling der andalusischen Stute Delia, gewann er zweimal schon die Siegespalme.

„Zweihunderttausend Sesterzen, bei Epone! das

klingt ja für einen Cäsar wahrhaft lächerlich und er=
bärmlich.

„Pfui! über euch Grüne; seitdem Drakus euer
Lenker sich das Genick gebrochen hat, und euere Stute
Andrämone an Gift krepirt ist, wähnt ihr des Sieges
Palme mit Bestechungen zu erringen, doch ich fürchte
euch Grüne nicht, denn mein Passerinus wirft jeden
Renner! Geh' und berichte das deinem großen Cäsar!“

„Aemilius Gutta, ich rathe dir als Freund, den
Zorn des Augustus nicht länger zu reizen; es gibt noch
manche Mittel, die Gegner zu werfen, nie noch war ein
Lenker seines Lebens Meister.

„Denke doch an den Hengst Incitatus, der jüngst
vor dem letzten Rennen von Gift bethört²) seinem Herrn
das Gelenk durchbiß; ein Tropfen in das Ohr deines
Passerinus geträufelt, und du fährst mit ihm zur Unter=
welt hinab.

„Nimm diesen Ring, Gutta, er enthält in seiner
Höhlung Gift genug um alle Renner zu werfen.

„Dann denke auch der schönen Frauen von der
grünen³) Schleife, wie sie dem Sieger Gutta huldigen
werden. Aus Livias Loge sehe ich Kränze werfen mit
Gold und Edelsteinen durchwirkt; der sprödesten Römerin
Wangen glühen auf, wenn dein Blick sie streift, und welch
Cubiculum bliebe dir verschlossen.“

„Hat Mitis die Sängerin ihrem Gutta lang nicht
mehr geschrieben? Auch sie bekennt sich nun zur grünen
Farbe.

„Aemilius, der Römer Liebling, der Ehemänner

Schrecken, der Traum aller Frauen, grün sei deine Lo=
sung, willst du nicht zum Rang der gewöhnlichen Circus=
kutscher hinabsinken, deren Lob man nur in Schenken
und Lupanarien singt.

„Hier nimm das Gift, und auf die gebotene Summe
noch einen Beutel Gold als Handgeld!"

„Wie schön weiß Cestus meine Sinne zu kitzeln,
wie könnte ich länger noch widerstehen! Nun denn ich
nehme den Ring und das Gold Cäsars, und bekenne
mich zu den Grünen.

„Doch was bringt mir mein kleiner schwarzer
Sklave?"

„Eine Botschaft, Herr."

„Laß hören!"

„Bei dem Rennen am morgigen Feste, wird Silvia
in einer Loge nahe an der Wendung mit einem Spiegel
wie von ungefähr die Strahlen der Sonne auffangen,
und damit die Augen der Lenker ihrer Gegner tückisch
blenden. Aemilius soll ihr die Smaragd=Schleife senden
und zu siegen wissen, denkt er an Silvias schöne Augen.
Eine halbe Million und zwei Landgüter sind verwettet!"

„Wohlan denn, es sei! Curius und ihr meine
Knechte, sorgt wohl dafür, daß kein Geräusch den Schlaf
meiner Pferde heute Nacht störe, des Wagens Deichsel
umwindet mit dem Stachelbande, um das Mittelgespann
zu kitzeln, legt Messer und Riemen mir zurecht, und
morgen um die fünfte Stunde wartet meiner Befehle.

„Ich gehe unterdessen den Göttern zu opfern, und
sollte Jemand in meiner Abwesenheit nach mir fragen,

so sagt ihm, Aemilius Gutta sei seit frühem Morgen trunken, oder besser noch: Aemilius habe sich die Hand verletzt, und sei zum Wundarzt gegangen. So werden morgen zu Gunsten meiner Gönner die Wetten gegen mich um so höher steigen."

In den Thermen des Agrippa. ¹)

Seit Mitternacht haben die langersehnten Floralien begonnen. Die Sonne hat kaum ihre ersten goldenen Strahlen über die ewige Stadt geworfen, da qualmen schon die Oefen und dampfen die Kessel der großen Thermen.

Die Heizer haben in ihrem Präfurium vollauf zu thun, um die heißen Dämpfe in das Caldarium zu leiten, denn an Festtagen wie heute, pflegen sich die Badenden früher und zahlreicher als gewöhnlich einzufinden.

Wir treten durch das Mittelthor in die Ambulatio oder Wandelbahn ein, welche mit Statuen des Augustus und des Agrippa geschmückt ist. An den Wänden sind auf Cäsars Geheiß schon seit längerer Zeit die Anzeigen der heutigen Rennen in rother Farbe angemerkt, die Namen der Lenker und Pferde bezeichnet.

Schüler haben daneben ihre Kunst geübt, denn wir sehen in geraden und eckigen schwarzen Strichen und Punkten Pferde mit gespitzten Ohren, Wagen und Lenker abgebildet, selbst Cäsars Antlitz verewigt.

In den Hallen und Säulengängen, die den prachtvollen Garten begrenzen, wandern trotz der noch frühen Morgenzeit schon viele Menschen jeglichen Standes einher. Die Düfte der reizenden Blüthen und Blumen, sowie der seltensten Pflanzen des Orients erquicken die Luftwandelnden. Die große Fontaine wirft Fluthen wohlriechenden Wassers empor, und bronzene Nereiden, Delphine und Meeresungeheuer spritzen dünne, sich kreuzende Wasserfäden nach allen Seiten · in die große marmorne Wanne. Der stäubende Wasserdunst, die fallenden Tropfen erfrischen und kühlen die Luft.

An dem Thore zu den eigentlichen Bädern zahlen wir den thürhütenden Sklaven unsern Quadrans, und treten in die Exedra, den Raum, ein, in welchem die Badenden sich abzukühlen und zum Gebrauche der Bäder vorzubereiten pflegen. Rings der Wände auf der Schola sitzen schon mehrere Frühbesucher, welche in eifrigem Gespräche über Circus und Rennen begriffen, die erquickende Kühle des Raumes genießen, während syrische Tänzerinnen mit der Coa⁵) bekleidet, unter dem Schalle der Crusmatae und der Zimbeln in der Vorhalle ihre wilden Tänze aufführen.

Ein Korridor, dessen blaue Wölbung mit goldenen Sternen geziert ist, führt uns in das Apoditerium, das Auskleidezimmer, welches von einem prächtigen Tonnen-

gewölbe überdeckt ist, das aus einem mit Greifen, Am=
phoren und Lyren in buntem Relief bemalten Karnies
entspringt; auf letzterem stehen in langen Reihen die
Thonlampen zur Beleuchtung des Gemaches in den
Abendstunden.

Die Wände sind mit gelbem Marmor eingelegt;
die gewölbte Decke bilden weiße Felder mit rother Um=
säumung; der Fußboden ist in Mosaik ausgeführt. Die
Nischen nehmen marmorne Hermenbüsten und die Mitte
des Raumes eine kleine Fontaine aus vergoldeter Bronze
ein, den Knaben mit dem Schwan darstellend, aus dessen
geöffnetem Schnabel ein Strahl frischen Wassers bricht.

Das angenehme Halbdunkel dieses Raumes, die Düfte
von frischen Blumen und Blüthen, von köstlichen Oelen und
Salben im Vereine mit dem geheimnißvollen Plätschern
des Brunnens erregen in dem Besucher ein eigenthüm=
liches Gefühl von Behagen und einen unbeschreiblichen
Sinnesrausch. In dem Wasserbecken der Fontaine treiben
Gold= und Silberfische ihr stummes Spiel, und seltene
Pflanzen tauchen ihre Blätter in das erfrischende Naß.

Der Kapsarius nimmt die Kleinodien der Badenden
in Empfang, um sie gegen eine geringe Belohnung auf=
zubewahren.

Unter den hier Anwesenden bemerken wir Aemilius
Gutta in einen wollenen Bademantel gehüllt, der die
Regelmäßigkeit seines Wuchses, die Harmonie seiner For=
men leicht errathen läßt. Ein Bad soll ihn zu seiner
heutigen großen Aufgabe würdig vorbereiten.

Einem Apollo in Menschengestalt gleichend, lassen

nur die groben und harten Hände die Art seines Handwerks erkennen, denn der Kopf von dunklen kurzen Locken
beschattet, die edlen Züge, der feine Bart, das glühende
Auge deuten trotzdem, daß er ein Unfreier ist, auf vornehme Geburt hin.

Vor vierundzwanzig Jahren wurde aus den Rück-
fenstern des Palastes eines Edlen am Tiberflusse ein
neugebornes Kind in den Kanal geworfen. Ein Fischer
nahm das ertrinkende arme Geschöpf in den Netzen auf,
und brachte es noch lebend in seine niedere Hütte. Sein
Weib säugte den Knaben zugleich mit dem ihrigen, und
zog ihn später zu dem armseligen Geschäfte eines Fischers
auf. Die Adoptiveltern starben bald, und der neunjährige
Knabe war genöthigt für eine Hand voll Mehl und einen
Quadrans täglich, das Rad des Pumpwerks drunten am
Tiber zu treten.

Später Pferdeknecht in den Stallungen des Augustus
und jetzt — Aemilius Gutta, der große Wagenlenker,
der Abgott aller Römer, der Liebling der Frauen, der
Geliebte einer Tochter Cäsars.

Eine kleine Pforte führt uns weiter in das Tepidarium, einen mäßig erwärmten, auf das Reichste verzierten Raum. Die Wölbung ist mit Malereien auf
weißem Grunde geschmückt; auf den blutrothen Feldern
der Wände sind Tänzerinnen in schwebenden üppigen
Stellungen abgebildet. Der Karnies wird von Atlanten
und Telamonen getragen, welche die scheinbare Last mit
über dem Haupte erhobenen Ellbogen stützen.

An der Decke des Gemaches in schön verzierten

Feldern erblicken wir Eros auf seinen Bogen gestützt, Ganymed vom Adler entführt, Apollo von Greifen getragen. Das Licht findet durch ein an der Südseite angebrachtes Fenster seinen Eingang. Die seltensten Gewächse Indiens wuchern in diesem feuchtwarmen Raume in unbeschreiblicher Ueppigkeit und Frische, und ihre breiten saftigen Blätter stechen wunderbar von dem Grunde der Kuppel und der Wände ab. Den schwarzweißen Mosaikboden bedeckt eine schmale Bahn von Binsenmatten, um die Füße der aus dem Bade hierher zurückkehrenden Besucher vor der Berührung mit den kalten Steinchen zu schützen; weiche Gausape die Sitze.

Die Badegewänder wechselnd treten wir, Aemilius Gutta folgend, in das Caldarium oder Schwitzbad ein.

Eine feuchtglühende Luft weht uns schon an der geöffneten Thür entgegen. Uns durch einen Dunstnebel rechts nach der in den Boden eingelassenen viereckigen großen Steinwanne wendend, überschreiten wir zwei breite Stufen um in der heißen Fluth, der Lavatio calda, unsere Haut zum Sudatorium vorzubereiten. In letzterem dem eigentlichen trockenen Schwitzbade sind an den Wänden marmorne Liegestätten angebracht, auf welchen der aus dem Wasserbade gestiegene sich der Schwitzkur hingibt. Der Fußboden von Suspensuren getragen, ist hohl, ebenso die Wände durch welche die heiße Luft strömt.

Seht die weißen Gestalten dort, wie sie in wollene Decken gehüllt, um Stirne und Schläfe die naßkalte Binde, ägyptischen Mumien ähnlich, keuchend und in langen Zügen die heiße dampfende Luft einathmen.

Kein Ranges= noch Standesunterschied herrscht hier: Tagelöhner, Senator; Bettler, Reicher; Sklave und Herr, alle liegen durcheinander auf den Steinen, um mit glei= chem Rechte für ihren Quadrans nach Herzensluft — zu schwitzen. Nox, der Lastträger, sich kaum drei Sesterzen verdienend, weiß für ein tägliches Bad noch einen Silber= ling zu erübrigen; neben ihm der Senator Saludienus Rufus. Neun Stunden seines Tages bringt er in den Bädern zu, die noch übrige Zeit widmet er dem Essen und dem Trinken. Für dieses harte Pensum empfängt er jährlich vom Staate hunderttausend Sesterzen Gehalt. Hinter ihm Licinus, der ehemalige Sklave Cäsars, jetzt Procurator in Gallien, welcher zu den üblichen zwölf Monaten des Jahres noch zwei neue, die Augustëi, er= funden hat, um auf diese künstliche Art jährlich zwei Monats=Abgaben mehr seinem Säckel zuzuführen.

Weiter unten Theopepres, ein Mann von seltener Carriere: Zuerst Sklave, dann kaiserlicher Kammerdiener und Freigelassener, dann Aufseher der Krystallgefäße, dann der kaiserlichen Schnallen, dann Triclinarcha, später Aufseher kaiserlicher Domainen, dann Procurator der Ausfertigung kaiserlicher Befehle, dann der kaiserlichen Tagebücher, dann noch Procurator der Purpurfärbereien und zuletzt Procurator von zwei Provinzen.

Und dort auf der entgegengesetzten Seite Calpurnius Vega. Man sagt er sei dafür bezahlt, die in Bädern und andern öffentlichen Orten fallenden politischen Ge= spräche zu rapportiren, wobei ihm eine geheuchelte Taub= heit wohl zu statten kommt.

Links von ihm — doch der Badediener mit der Wasseruhr stört uns in unsern Beobachtungen, wir eilen dem Labrum, der großen steinernen Wanne mit der kalten Dusche zu, um unsere Haut dem eisigen Strahle hinzugeben und nach der Abkühlung in das Tepidarium zurückzukehren.

Wir finden Aemilius Gutta wieder, welcher sich bereits den Händen des Salbers unterworfen hat.

„Was gibt es Neues auf dem Forum?" so frägt Aemilius den Sklaven.

„Ach Herr, du weißt doch, der Circus und die heutigen Rennen — —"

„Schweig' mir vom Circus, ist denn in ganz Rom kein Fleck, um dem ewigen Geschwätze über Pferde und Rennen zu entgehen? Sprich mir von andern Dingen. Man sagt doch ihr Unktoren hättet Neuigkeiten genug im Vorrath, um zwei Städte wie Rom damit zu füllen. Zu was seid ihr Badergesellen auch sonst auf der Welt als zum horchen und wiederkäuen? Was treibt man bei Hof, wie unterhält sich die ganze Sippschaft?"

„Der Hof, Herr? Cäsar wird trotz Kranksein die große Circusprozession in Person anführen, und selbst die Rennen eröffnen. Sein neuer Obelisk steht seit gestern in der Bahn aufgerichtet. Er hat sich für die grüne Farbe entschieden. Julia seine Tochter vertritt aus Opposition die Blauen, ihre ganze Loge ist in dieser Farbe geschmückt. Auch spricht man Wunder von zwei Salben die sie erfunden hat, um graue Haare schwarz und blasse Wangen roth zu färben."

„Beim Jupiter! ein schönes Geschäft für eine Cäsars=
tochter!"

„Erlaubst du Herr, daß ich dir nun die Haut mit
feinem Haphe⁶) reibe, sie wird glatt und zart wie Seide?"

„Sklave, meinen Körper stelle ich dir eine halbe
Stunde zu Diensten, thue dein Geschäft in aller Form
und Ordnung!"

„Weiß der Herr schon, daß gestern die Tänzerin
Cybella, die Geliebte des Tiber, aus Rom ausgewiesen
ward, weil sie beim letzten großen Brande eine Schaar
von armen Kindern fast zu Tode peitschen ließ, die um
dem Flammentode zu entgehen es gewagt hatten, das
Dach ihrer Hundeställe als Leiter zu benützen und zu
beschmutzen?

„Augustus hat erlaubt, daß bei den heutigen Rennen
die Männer in thessalischen Hüten, die Frauen mit der
Umbela erscheinen dürfen. Livia ließ sich einen Sonnen=
schirm von Straußfedern, mit Perlen geschmückt, aus
Persien kommen, der die Summe kostet, die kaum fünf
Senatoren als Jahresgeld beziehen. Diese Nachricht
stammt aus guter Quelle, von den Köchen ward sie aus=
geplaudert.

„Nun noch das Oel Herr! nur Geduld kein Unktor
salbt dich besser. Schmeidig sollst du werden wie eine
Schlange.

„Cornelius, Cäsars Günstling und Client hat sich
gestern entleibt, weil bei dem letzten Gastmahl Cäsars,
da ihm ein Diener aus Versehen die braune Fischsauce
über Antlitz und weiße Toga geschüttet, er die Zielscheibe

des Witzes des Augustus und zum Gelächter aller Anwesenden geworden war.

„Ganz Rom ist in Aufregung, weil Augustus befohlen haben soll, daß dem Sieger bei dem heutigen Rennen der goldene Ring und das römische Bürgerrecht verliehen werde.

„Im Circus wollen heute die Edlen eine große Demonstration gegen das neue strenge Ehegesetz vorbereiten, und von Aemilius Gutta sagt man — —

„Willst du Herr, daß ich dir noch Brauen und Wimpern färbe?“

„Was sagt man von Gutta? Weiter, weiter!“

„Je nun, man behauptet, er sei den Grünen und dem Cäsar zu hohen Summen verkauft; Julia habe ihm aus Zorn ihre Gunst entzogen, jedoch sei es gewiß, daß die schöne reiche Prätorswittwe Silvia ihm nach dem Rennen Herz und Hand anbieten wolle.“

„Schurke, wer sagte dir das?“

„Claudia, meine Schwester, Dienerin der Silvia.“

„Wirf Sklave mir die Gewänder um, nimm diese Handvoll Geld zum Lohn für deine Neuigkeiten, und wenn du deine Schwester Claudia siehst, so sage ihr, du habest heute früh das Glück gehabt, des Aemilius Gutta Bart und Haare zu kräuseln und zu salben.“

––––––

Die Circusprozession. [7])

Eine schwüle drückende Luft liegt mit bleierner Schwere auf dem alten Rom. Zwischen Aventin und Palatin in einem schönen Thale mit sanftem Gehänge befindet sich die Rennbahn, heute die Sehnsucht und das Ziel der Schritte aller Bewohner der ewigen Stadt. In den Straßen herrscht seit Mitternacht ein ungeheures Leben. Die Schänken und öffentlichen Häuser haben ihren Inhalt in die Gassen ausgespieen, die Paläste der Reichen sowie die Hütten der Armen sind verlassen; der Pöbel zieht lachend, lärmend und tobend nach dem Circus. Zu Ehren der Göttin Flora sind die Straßen mit Blumenguirlanden, die Wände der Gebäude mit bunten Bändern behängt; Frauen und Mädchen mit Rosen im schwarzen Haar, Männer in Festgewändern und mit Kränzen auf dem Haupte wogen auf Plätzen und Gassen auf und nieder, die große Prozession erwartend, welche vom kapitolinischen Hügel ausgehend, über das festlich geschmückte Forum, das Velabrum und den Ochsenmarkt ziehend, ihren Einzug durch das mittlere Thor des Circus nehmen soll. An den Ecken der Gassen und auf den Plätzen sind Tribünen errichtet für die auswärtigen Gäste, und für solche, welche gegen eine geringe Bezahlung den Festzug bequem betrachten wollen.

Fenster, Mauern, ja selbst die Dächer sind von Neugierigen besetzt, doch der größte Theil der Bevölkerung drängt sich auf dem Pflaster in wildem Getümmel herum.

Die liebe Straßenjugend bildet nicht den kleinsten Theil der Lärmenden und der Schreier, denn auf Befehl Augustus haben die Ludimagistri für die Dauer des Festes die Schulen geschlossen, und dem jungen Volke die Zügel gelöst. Die Knaben haben sich als lustige Vögel in die Bäume eingenistet und die Zinnen der Mauern als festes Eigenthum eingenommen. An den Kapitälen der Säulen, an den Gesimsen der Gebäude kleben sie, den Fledermäusen gleich; rittlings sitzen sie auf den Schultern der Statuen, und überschütten die Vorübergehenden mit Hohn und Spottrufen. Die Ungeduld der harrenden Menge stachelnd, genießen sie selbst auf ihren hohen Sitzen bequem schon ein erstes Schauspiel, welches sie das des Circus geduldig erwarten läßt, und schonen Niemand, denn ihre erhöhten Sitze schützen sie vor jeder Verfolgung. Ein ungeheures Gelächter erschallt, wenn es dem einen oder andern dieser Burschen gelungen ist, einem Vorübergehenden mitten auf die Glatze zu speien.

Immer dichter wird das Gedränge. Wir flüchten uns in den Prostyl des Isis = Tempels, denn es wälzt sich die Prozession vom Forum herab, wir hören deutlich das Blasen der Hörner, das Geschrei der Menge, das Wehklagen getretener und halberdrückter Frauen und Kinder.

Das Faktionswesen hat auf der Straße bereits seinen Anfang genommen. Ganz Rom ist heute in vier große Parteien getheilt, deren Feldgeschrei: Blau, Grün, Roth oder Weiß ist. Die Blauen beschimpfen die Grünen, die Rothen spotten der Weißen.

Wahrsager bieten Vorübergehenden ihre Dienste an, um für einige Sesterzen den Ausgang der Rennen vorauszubestimmen, noch andere um die Pferde zu beschwören oder zu feien. Man munkelt von Bestechungen, von einer grünen Hofpartei, man erzählt sich Wunder von einzelnen Pferden; selbst Traumdeuter finden bei der Menge reichlichen Gewinn.

Die Pompa hat das Forum überschritten, das Gedränge der in die enge Straße eingeklemmten Menge wird immer unerträglicher und ängstlicher. Die auf den Tribünen Sitzenden werden bald von allen Seiten belagert. Gedrängt, erklettern die unteren die Planken, und, von den oberen hinabgestoßen, von den nachkommenden zurückgerissen, gleicht das Ganze einem angegriffenen und wohlvertheidigten Lager.

Wehklagen der Verwundeten, Hohn der Sieger, Spott der Zuschauer und Neutralen erhöhen das Leben der Scene.

„Die Prozession kommt!" so rufen tausend Kehlen. Eine Schaar von Mädchen, Blumen streuend eröffnet den Zug. Ihr folgt eine Bande Musiker, Aeneatores, bestehend aus den Buccinatores, Cornicenses, und Tubicines, welche einen wilden Kriegesmarsch blasen. Langsam und gemessen schreiten die Priester einher, in den faltenreichen langen Ueberwurf, die Laena gehüllt, den Apex mit dem Wollbüschel auf dem Haupte, in der Rechten den Olivenstab. Sie führen den weißen Opferstier, dessen Kopf mit Binden von weißer Wolle geschmückt ist, und der auf seinem Rücken einen breiten Streif prächtig farbigen Zeuges trägt. Ihnen gehen die Camilli, schöne langgelockte Knaben voran, die Attribute der religiösen Körperschaften und die Opfergeräthe tragend. Der Aedile Aeilius Scinna in einem von prächtigen Pferden gezogenen Wagen als Festordner folgt denselben.

Dann die einundzwanzig Augustalen, aus den edelsten Familien Roms auserlesene junge Ritter zu Pferde, ferner alte bärtige Senatoren in weißer purpurgeränderter Toga paarweise schreitend, ihrer Würde wohl bewußt.

Ein zweiter Jubelschrei der Menge, denn nun folgen auf weißen Rossen die Trompeter, in die Farben der vier Faktionen gekleidet, mit silbernen Trompeten das Nahen Cäsars verkündend. Die prätorianische Leibgarde in prächtiger Rüstung auf stolzen Rossen hält das Volk in gemessener Entfernung.

„Ave Caesar, ave Auguste, felicitas, laetitia nostra!" so rufen sie, denn Cäsar Augustus, kaum erst von schwerer Krankheit erstanden, blaß wie ein bleichsüchtiges Mädchen, naht mit der ganzen Herrlichkeit seines Hofes, in einer von Purpur und Gold strotzenden Sänfte, dem Oktophoron, von acht schwarzen Sklaven getragen. Eine weite goldgestickte Purpurtoga umhüllt seine schöne majestätische Gestalt.

Unter derselben trägt er die mit goldenen Palmen reich verzierte Tunica aurea, in seiner Rechten den Adler, das Zeichen seiner Macht. Die trotz hohen Alters noch vollen Haare faßt ein schmaler goldener Reif ein.

Sein Lieblingssklave Cestus hält über sein edles Haupt den gewaltigen Eichenkranz aus gediegenem Gold, mit Edelsteinen besetzt. Die kostbaren Decken seiner Sänfte sind mit Bittschriften übersäet, denn an Festtagen wie heute pflegt Augustus besonders gnädig zu sein. Und immer noch werden seiner Bahre Bittgesuche zugeworfen, doch die meisten verfehlen ihr Ziel, und die langgenährte Hoffnung manches Armen, mancher unglücklichen Familie liegt mit der Papierrolle im Staube, von den Hufen der Pferde und den Füßen der Vorübergehenden un= barmherzig zertreten.

„Sagt an! Celsus, Pulcher, Cos," so ruft der oben auf den Schultern der Minervastatue sitzende Schüler seinen jungen Genossen zu:

„Wollt ihr nicht heute euer Gesuch um Aufhebung sämmtlicher Schulen Roms dem großen Cäsar ehrerbietig zu Füßen legen? Sind wir nicht schon längst mit Weis= heit genügend ausgerüstet, um dereinst als Väter unserer Stadt für deren Wohl zu wachen?"

„Und zu schlafen!"

So rufen sie im Chor.

Ein schallendes Gelächter und ein ungetheilter Bei= fall von allen Säulen, Mauern, Bäumen erblüht dem jungen Redner.

Zu Pferde neben des Augustus Sänfte seine Räthe: der edle Cilnius Mäcenas nebst Messala Corvinus, Vipsanius Agrippa sein Eidam, und sein Stiefsohn Tiber. Hinter dem Oktophoron der hohe Dienst:

Junius Festus Magister epistolarum,
Tiburnius Cascalla Magister libellorum,
Claudius Agricola Magister memoriae,
Sempronius Liber Magister scriniorum,
Majus Livius Scala Magister officiorum.

Dann auch der Philosoph Verrius Flaccus, Lehrer der Kinder Cäsars; der Consular Fabius Maximus; der Gelehrte Areus aus Alexandrien, sowie auch der Sänger Tigellius und Canopas der Hofnarr.

Selbst von fernen Weltgegenden haben sich zu dem Rennen vornehme Gäste eingefunden. Auf stolzen Rossen Abgeordnete des Partherkönigs, und indische Gesandte in bunter Tracht; besiegte kantabrische und asturische Häuptlinge, als unfreiwillige Gäste Cäsars; mit Pelzen umhängte Noricer und Rhätier, Gallier mit dem engen Rocke bekleidet und in weiten Beinkleidern und Leder= schuhen, das Sagum über den Schultern.

Eine endlose Schaar kaiserlicher Clienten, die Togati, in schweren weißen Mänteln umgeben die Sänfte Cäsars. Knechtisch folgen sie ihrem Herrn gleich Hunden, jeden seiner Blicke auffangend und deutend.

„Togati, togati!" so rufen die Schüler, „da kommen die Mantelträger."

„Wie schön geflickt und gewaschen sind ihre Togen!

„Pomponius Fulvus gähnt, als wolle er die Pro= zession verschlucken. Er ist gewiß seit gestern morgen nüchtern.

„Und Cosimus! Krampfhaft hält er seinen Mantel

vorn zusammen. Er trägt ihn auf dem bloßen Leibe," so ruft ein anderer.

„Und Scipio Lentillus, seht wie künstlich er bei jedem Schritte sein Ohr mit seiner Schulter kratzt!"

„Venturius mit dem schiefen Blicke."

„Junius Crispus der einzige Dicke unter den Clienten. Cäsar gibt ihm das Gnadenbrod, um sich in trüben Stunden an seinem Appetite zu ergötzen."

„Popidius Magnus der Lange."

„Magnus, major, maximus" so ruft Cos auf seinem hohen Sitze, den Kopf der Minerva zwischen seinen Beinen mit beiden Fäusten schlagend.

„Geh Popidius, laß dir den Hals doch etwas kürzen, er ist zu lang, das Essen wird ja kalt auf dem Wege vom Munde bis zum Magen," so tönen Spott, Witze und Gelächter von den hohen Sitzen der Jugend herab.

Unmittelbar hinter dem hohen Dienste auf einem vierräderigen Staatswagen, Livia, die Gattin Cäsars. Der Wagen ist reich mit Schnitzereien von Gold und Elfenbein geziert und von vier neben einander gehenden Schimmeln in prächtigem Geschirr gezogen. Livia trägt kostbare weiße Gewänder, gehalten durch einen Smaragdgürtel mit Edelsteinschließen. Ihr Haar, nach der neuesten Mode in Antiis abgetheilt mit Goldpuder leicht bestäubt, hält ein schweres Diadem zusammen. Schminke und Salben geben ihrer Haut eine künstliche Jugendfrische. Augenbrauen und Wimpern erglänzen in herrlichem

Schwarz und um ihre Perlenzähne möchte man sie be=
neiden, stammten sie nicht aus Egypten.

Neben ihr zur Rechten kauert ihre Lieblingsſklavin,
die schöne Jüdin Acme aus Syrien, den prächtigen Sonnen=
schirm über ihrem Haupte haltend. Links zwei Cosmetä:
Cora und Pedilla, niedliche Kammerkätzchen, unablässig
bemüht, ihrer Herrin Kopfputz und die Falten ihres
Gewandes zu ordnen.

Zwei Sklaven tragen die eherne Schüssel mit dem
Feuer, dem ausschließlichen Attribut der Kaiserin, voran.

„Ecce Vestales!⁸) Seht die Gänse des Capitols!“
so rufen sie in den Bäumen.

„Castae, castae, die keuschen Jungfern!“ so wieder=
hallt es in allen Ecken.

„Tuccia führt ihre Töchter auf die Weide!“ so
schreit Cos, von seinem hohen Sitze.

Denn die Carruca Livias umgibt die Schaar der
verschleierten Priesterinnen der Vesta.

Hinter dem Hofwagen der Livia, die Vehikel der
ganzen kaiserlichen Familie, geführt von prächtigen feurigen
Rossen, umgeben von dem bunten Troß der Diener und
Dienerinnen, welche aus kupfernen Becken Silberstücke
und Münzen unter das Volk werfen. Gierig und unter
beständigem Geschrei und Raufen werden diese Gaben
von der in dicken Haufen den Wägen folgenden Menge
aufgefangen. Erdrückte und zertretene mder mischen
ihr Jammergeschrei in die Freudenrufe der befriedigten
Römer, die mit zerrissenen Gewändern und blutigen
Köpfen die Festgaben schwer erobert haben.

Ein Chorus von Flötenspielern und Tubicenen führt den zweiten Theil des Zuges an.

Auf der Tensa,⁹) dem reich gezierten Götterwagen, gezogen von zwei Büffeln mit vergoldeten Hörnern, behängt mit Blumen und Schleifen, steht das Bild der Flora in reichem Schmucke.

Ihn umgeben weiß gekleidete Priesterinnen, Guirlanden tragend. Beim Anblick der Göttin des heutigen Festes ertönt aus allen Kehlen ein nicht endendes Jubelgeschrei. Blumen und frische Zweige werden ihrem Wagen zugeworfen. Alles drängt sich in die Nähe, um wenigstens mit dem Blicke derselben die unbegrenzte Verehrung zu zollen. Weiße Tauben entschlüpfen Körben und Säcken; ihren Flug kapitolwärts nehmend, werden sie vom Volke als günstige Vorboten eines glücklichen Festes beklatscht.

Soviel als die kompakte Menschenmasse es erlaubt, bewegt sich der Zug Schritt vor Schritt weiter.

Hinter der Flora auf einer von sechs Priestern gehobenen Tragbahre, dem Ferculum, steht das Bild des Neptun, sich bei jedem Schritte der Träger auf der Bahre bewegend. Spottend rufen die Schüler:

„Neptun du alter Geselle, wie wackelst du auf deinem Stuhle! der Dreizack fällt dir noch aus der Faust. Pfui! schäme dich, bist du betrunken?"

Auf Bahren und Wägen folgen nun in langer Reihe die Venus genitrix mit ihrer Priesterschaft, Ceres mit Früchten und Felderzeugnissen reich umgeben. Mars mit seinen Kriegern, Juno und Minerva, denn die ganze

Götterschaft ist von Cäsar zum heutigen Rennen einge=
laden worden.

Selbst die Bacchantinnen fehlen nicht, umgürtet mit
dem Ziegenfelle, einen Kranz von Weinlaub auf dem
Haupte, den Thyrsus in der Rechten, und in wahnsinnigen
Sprüngen ihrer Gottheit folgend.

Endlos wickelt sich der Olymp mit seinem Priester=
thume ab, von der Menge als bekanntes langweiliges
Nachspiel kaum beachtet und viel verspottet. Und damit
dem Ernste das Lächerliche nicht fehle, schließt den Zug
eine Bande Gaukler mit schreckbaren Wachs= und Brod=
teigmasken, falschen Bärten und Perücken, Weiber und
Kinder angrinzend und zur Flucht bringend.

„He Freunde!“ so ruft ein Straßenjunge von der
Höhe einer Säule herab, „seht doch! Gibbus kommt, der
Buckelige.“

Ein Schrei des Hohns und gellendes Pfeifen ertönt
von allen Seiten:

„Ecce Gibbus, Gibbus gallinarius!“

Denn dicht hinter den letzten Reihen schreitet die
armseligste Gestalt der Welt einher, ein kleiner alter
Höckeriger mit kurzen krummen Beinen, auf dem kahlen
Kopfe einen Büschel grauer Haare, schmutzig von Gewand
und barfüßig. Er hinkt als wolle er mit jedem Schritte
zur Unterwelt hinabsinken.

Gibbus der Präpositus der kaiserlichen Hühnerställe;
auch er will dem Feste seines hohen Herrn beiwohnen.

„Einen Quadrans,“ so ruft Cos, „verwette ich,
Gibbus bleibt beim Rennen Sieger!“

„Wir halten die Wette," so schreit die ganze Bande
auf Mauern und Bäumen, und ein Hagel von Wurf=
geschossen trifft nun des Armen Höcker.

„Euge, euge! Er trägt die Hühnerleiter auf seinem
Rücken, und den Kamm seines Hahns hat er sich für
heute aufgesetzt. Aufs Ferculum, aufs Ferculum mit
ihm, seht ihr denn nicht, er ist Apollos Urgroßvater!"

So schreien und spotten sie. Schnell dann von
Säulen, Bäumen, Statuen herunterrutschend, — denn
die Prozession ist nun zu Ende, — durch die Menge
kriechend, schlüpfend, jede Lücke klug benutzend, geht es
in wilder Jagd mit ohrenzerreißendem Geschrei dem nahen
Circus zu.

Die Rennbahn. [10])

Die Prozession hat endlich das große Thor des
Circus erreicht, und von einem unendlichen Jubel der
seit Mitternacht harrenden Menge werden die Spitzen
des Zuges, welche durch die Porta pompae ihren Ein=
zug halten, empfangen.

Bei dem Anblicke der Sänfte Cäsars erheben. sich
alle Anwesenden ehrerbietig von ihren Sitzen, denn so
will es der Gebrauch, und mit Händen, Hüten und Tüchern

schwenkend, rufen sie dem Kaiser die schmeichelhaftesten
Worte zu. Alle Winkel der dachlosen Rennbahn sind
dicht besetzt, hunderttausende von Köpfen sehen wir
dicht aneinander gereiht; die Bänke fassen kaum die
Menge, und dennoch strömen immer neue Fluthen von
Außen her den Vomitorien und Treppen zu. Nur das
Pulvinar Cäsars, die Logen seiner Familie, die reservirten
Plätze für seine Gäste, sowie die Sitze für die Vestalinnen
sind noch leer.

Die Doppelbahn, in ihrer Mitte der Länge nach
durch die Mauer, Spina abgetheilt, ist mit schön ge=
glättetem röthlichem Sande bestreut.

An beiden Enden der Spina stehen die Zielsäulen,
drei Kegel auf einem Untersatze.

Die Doppelbahn läuft an der Nordseite in einer
Wendung zusammen; gegenüber an der Südseite befinden
sich Gebäude, das sogenannte Oppidum mit den Stallun=
gen und den Carceres für die Rennwagen. Auf der
Spina stehen der neue Obelisk sowie kleine Tempel zur
Aufnahme der Götterbilder, ferner zwei Plattformen auf
je vier Säulen, eine mit sieben Delphinen, die andere mit
ebenso vielen Ovalen aus Marmor bestellt, von denen je
ein Stück nach jedem der sieben Kreisläufe der Renner
herabgenommen wird. Die beiden untern Stockwerke des
Zuschauerraumes sind von Mauerwerk mit Steinsitzen
erbaut, die beiden obern hingegen bloße Holzgerüste mit
Bänken.

Noch sind die Carceres, aus welchen die Viergespanne
auslaufen sollen durch die Ostien, hölzerne Schranken,

geschlossen; in denselben geht es indessen sehr lebhaft zu, denn unter der Aufsicht der vier Wagenlenker [11]) werden die prächtigen Rennpferde angeschirrt, welche ungeduldig den Boden stampfend, und mit dem Vorderhufe auf= scharrend, kaum ihr Feuer bis zum Zeichen des Beginnes dämpfen können. Die Wagen sind durch das überhängende mit Goldtressen besetzte Tympanum in die vier laufenden Farben der Factio prasina, veneta, russata und alba ge= kleidet, ebenso tragen die betreffenden Pferde Phalerae und Gürtel von ihrer Farbe als Schmuck.

Die vier Lenker in kurzer blauer, grüner, rother oder weißer Tunica, durch einen breiten Ledergürtel ge= halten, einen kleinen Helm auf dem Kopfe, die Hand= und Fußgelenke mit Riemen umwunden, ordnen die Zügel; ein kleiner Sklave hält geschäftig die lange Knotenpeitsche bereit. Das Loos hat die Ausgangsstellung [12]) der vier Farben bestimmt. Weiß am linken Flügel, Grün am rechten, Roth und Blau zwischen beiden.

Aemilius Gutta, die grüne Faktion vertretend, führt vor seinem Wagen den berühmten Hengst Passerinus als linkes Handpferd, als rechtes den Zelator, in der Mitte gehen Fortunatus und Mycale, letztere aus den Gestüten Mysiens. Ein schöneres, edleres Gespann kann Phöbus kaum aufweisen.

Neben dem Grünen: Lälius Felix der Lenker der Blauen, ein junger Mann von scharfem Blicke und kräftiger Faust. Er hält die Zügel seiner starken Rosse in einen Bündel vereint. Als linkes Handpferd

Notatus, der Gezeichnete, dreijähriger Schimmelhengst von ächt arabischem Blute.

Auf einer Weide Nubiens wurde die prächtige Stute Berenice, die Mutter des Notatus, bei einem Felsvorsprunge plötzlich von einer jungen Löwin angefallen, die mit den scharfen Tatzen an ihre Flanke sich ankrallend, das edle Thier zu Boden zu werfen suchte. Berenice in Todes= angst stürzt mit ihrer schauerlichen Bürde dem nahen Meere zu, und setzt ohne Zögern vom Fels hinab in die schäumende Brandung. Die Löwin, des ungewohnten Bades sich nicht erfreuend, ließ ab von ihrer Beute; die Stute erreichte schwimmend eine nahe Insel, das Raub= thier ertrank nach einigen fruchtlosen Rettungsversuchen. Nach Monaten warf die Stute ein Füllen weiß wie frisch= gefallner Schnee, doch o Wunder, an seiner linken Seite gewahrte man deutlich in dunklen Flecken zwei Löwen= tatzen abgebildet. Die Mutter hatte damals der böse Blick getroffen. Das Füllen wurde theuer erkauft, und ist jetzt Notatus, der Blauen bester Renner. Ein flüch= tigeres Thier sah noch nie die Rennbahn. Als Mittel= gespann der Blauen Phlegon und Tigris, am rechten Flügel Cursor. Und neben den Blauen die Quadriga der Rothen mit dem Athener Hierokles als Lenker, einem Riesen von Gestalt mit scharfen Zügen und blassem Antlitz.

Zwei seiner Brüder ließen ihr Leben auf der Renn= bahn, er ist der letzte von drei Söhnen. Als linkes Handpferd die berühmte Stute Sagitta, welche bei dem letzten Rennen zu Antiochia siegte. Der Lenker stürzte,

und die Pferde von Sagitta geführt, errangen ohne ihren
Herrn dahinbrausend und die Versura glücklich umkreisend,
unter dem Beifalle der Zuschauer die Palme. Velox
und Scynthia als Mittelgespann, Chamäleon, der sieben=
farbige als rechtes Handpferd.

Am äußersten linken Flügel die Quadriga der Wei=
ßen mit ihrem Lenker Eutychus. Ganz Rom kennt ihn
unter dem Namen Luscus, der Einäugige. In einem
Nachrennen von der Peitsche seines Gegners getroffen
und des rechten Auges beraubt, gewann er, Schmerz und
Ohnmacht überwindend, dennoch den Preis. Einen küh=
nern und verwegenern Lenker sah noch nie der Circus.
Seine Pferde: Pyrois, Elatus, Sicissa und Cynthia,
mit ihm aufgewachsen, und wild wie ihr Herr, kennen
seine starke Faust, und seiner Stimme Klang.

Cäsar, seiner Sänfte entstiegen, hat von zwei Dienern
geführt in seinem Pulvinar Platz genommen, welches
gegen die glühende Sonne durch ein prachtvolles in Gold
gesticktes Velum geschützt ist. Seine Angehörigen, seine
Räthe dicht hinter und neben ihm.

Alle anwesenden Frauen tragen kaiserlicher Verord=
nung gemäß weiße Gewänder, die Männer Festtogen
mit den Attributen ihres Standes. Sonnenschirme und
Fächer von schönen Stoffen und Farben sind aufgespannt,
um die zarte Haut der Frauen zu schützen.

Von unserm erhöhten Standpunkte aus betrachtet,
erscheinen die untern Logen wie Körbe frischgepflückter
sorglos zerstreuter Rosen. Wohlgerüche der verschiedensten
Art entsteigen ihrer Mitte.

Einer Hand voll weißer Lilien auf dunklem Grunde gleichen jene sechs junge Mädchen in feinen weißen Gewändern. Heute zum ersten Mal der Kinderstube entschlüpft, und in die Welt getreten, zum ersten Mal dem rauhen Hauche der Oeffentlichkeit preisgegeben drücken sie verschämt und unschuldig die Köpfchen aneinander und senken die Blicke, bei jedem Schrei der Menge wie junges Wild erschreckt zusammenfahrend, und verlegen die goldenen Quasten ihrer Gewänder durch die zarten Händchen ziehend.

„Ach Romula, wie häßlich klingt doch dieses Schreien, ich fürchte mich entsetzlich. Cäsar sollte diese wilden Töne wohl verbieten," so spricht die erste zu der andern.

„Tullia, ich gäbe was darum, wenn die Rennen gleich ihren Anfang nähmen, kaum kann ich es erwarten den schönen Aemilius Gutta zu erblicken, von dem ganz Rom entzückt ist.

„Bist du gewiß Lätitia daß uns die Pferde nichts anhaben und nicht beißen können? Sie sind doch recht fest angebunden?" so Typhone.

„Ach wenn nur keiner von den Lenkern stürzt, ich fiele vor Schreck in Ohnmacht."

„Glaubst du Sempronia, daß die Grünen siegen? Grün ist meine Herzensfarbe," spricht Parvula.

Und Chloris: „Liebe Freundinnen ihr werdet sehen, es kommt noch ein Unglück dazwischen, denn allzusehr freute ich mich auf diesen schönen Tag und auf die Rennen und denkt euch, heute morgen kroch eine große Spinne über mein Scabellum; ich schrie entsetzt laut auf, daß alle Sklavinnen des Hauses erschreckt zusammenliefen. Noch zittere ich, denke ich an die garstige Spinne."

So wispern und so zwitschern die schönen unschuldigen Mädchen, noch unberührt vom Gange der wilden, rauhen Zeit.

Und neben ihnen hart an der Brüstung sind zwei junge Frauen, üppig in Kleidung und Wesen, auffallend mit Spangen, Ohrgehängen, Ringen und Schließen überladen, herausfordernd in Blick und Haltung. Man wäre fast versucht sie für Damen aus den höchsten Ständen zu halten. Doch ihre Begleiterin, die Matrone hinter ihnen, ist für die Dauer des Festes gegen Bezahlung geborgt; Gewänder, Diadem, Schmuck und Ringe gehören der Versetzerin Saturnia unter den Bögen der Treppen des Forums. Und wollt ihr die Abkunft dieser Schönen erfahren, so geht morgen in aller Frühe auf den Markt hinunter, in der neunten Bude links verkauft die Mutter Makrelen, Fische und Krebse pfundweise.

— Droben im hohen Norden, in den Gauen zwischen Rhein und Weser steht das verhaßte Lictorenbeil aufgerichtet, als Zeichen und Merkmal knechtischer Unterwerfung und zweifelhafter Rechtspflege.

Von Haß und Rachedurst geleitet hat der Cherusker-Fürst Arminius, bei dunkler Nacht in der Römer Lager mit seinen Treuen brechend, Tod und Verderben in ihre Reihen gebracht.

„Die Legionen geworfen und zerstäubt, Quinctilius Varus ins eigene Schwert gestürzt und todt," — so

lautet die kurze Schreckensbotschaft aus den düstern Wäl=
dern Teutoburgs.

Ein Schrei des Entsetzens durchfliegt Rom bei dieser
Kunde. Die Gattin des unglücklichen Feldherrn, über
das Schicksal ihres Mannes in Wahnsinn verfallen, irrt
seither in den Straßen umher, den Dolch im Gür=
tel, die Schritte Cäsars, den sie in ihrem Wahne für
den Urheber ihres Unglücks ansieht, verfolgend. Zwei=
mal schon im Begriffe den tödtlichen Stoß an Augustus
zu vollführen, entschwanden ihr jedesmal die Sinne, denn
die Götter wachten über dem Leben Cäsars.

Einem Schatten gleicht nun die arme Unglückliche
dort unten auf den Bänken. Gemieden von Jung und
Alt den starren Blick auf Augustus geheftet, den Dolch
in ihrer Rechten ist sie wie eine gereizte Tigerin zum
Sprunge bereit. Doch ihre Kräfte brechen, wenn sie
zum Mord bereit, gelähmt durch der Götter Hand.

„Laßt euch von Polybius, meinem Nachbarn erzählen,
wie er einst Pferdebesitzer und Lenker, in einem Rennen
der Erste und nahe am Ziel, das Gleichgewicht verlierend
stürzte. Doch mit starker Faust im Sturz sich an des
Pferdes Mähne krallend, halb hängend, halb geschleift,
gewann er, seinen Hengst mit Worten aneifernd dennoch
die Palme. Seither ist es üblich zu sagen: „Des Men=
schen Glück und Leben hängt oft an einem Pferdehaare.“

Nansica hat in ihrer Loge Platz genommen. Ganz
Rom nennt sie die Pferdenärrin. Ihres Gürtels Schlie=
ßen sind Pferdeköpfe in getriebenem Silber, ebenso ihre
Ohrgehänge, Ringe, Spangen und ihr Diadem bildet

eine Reihe immer kleiner werdender Nachbildungen des Pferdehauptes. Ihre Stallungen sind gefüllt mit den edelsten Rennern, die sie in glücklichen Wetten gewonnen hat, bedient von reichgekleideten Sklaven. Die Pferde fressen aus kostbaren Geschirren, und schlafen in reichverzierten Ständen.

Gern würde sie selbst in der Arena erscheinen, wäre es nicht gegen Gesetz, Anstand und Sitte.

„Fünfzigtausend, hunderttausend Sesterzen für die Grünen, mein Landhaus für die Blauen,“ so schreien dort drei junge Männer, gegenseitig Summen und Paläste prahlerisch verwettend, die noch kein Sterblicher gesehen hat.

Auch rühmen sie laut die Speisen und Weine auf Cäsars Tafel, die sie nie gekostet, die Gunst von Frauen, die sie nie genossen.

Keinen Quadrans in der Tasche, prahlen sie mit eingebildeten Schätzen. Leer wie ihre Säckel sind auch ihre Schädel.

Doch still! Eine kriegerische Musik erreicht unser Ohr. Der Präses hat in seiner Loge über den Carceres Platz genommen. Ein Zeichen aus Cäsars Pulvinar, und das bekannte weiße Tuch, die Mappa flattert hinab in die Bahn. Die Schranken öffnen sich knarrend, und ein Schrei der Zuschauer, gleich dem Brausen des Meeres, dem Stürzen von vielen Wässern ertönt, und gibt der ganzen Stadt Kunde von dem Beginn der Rennen.

Aller Augen haben nur ein Ziel, denn sechszehn Renner, gefolgt von ihren zweiräderigen Rennkarren, stürzen hervor; den Staub hoch aufwirbelnd brausen sie dahin. Die Lenker mit nach vorn überhängendem Körper durch Stimme und Peitsche ihre Thiere leitend, und nach dem linken Rinnsal drängend, können kaum der Pferde Lust und Muth mit ihren Zügeln bändigen. Staub= wolken hüllen die Gespanne ein, die oft wie aus dichtem Nebel auftauchend, dann wieder in einer Sandwolke verschwindend in rasender Eile dahinfliegen, so daß der leichte Karren hüpfend bald rechts, bald links geworfen wird. Es dröhnt die Erde unter den Hufen der Renner, knirschend schneiden die Räder ihre Spuren in den Sand ein, von den Eisen geschnellt, spritzen die Körner und Steinchen hoch auf, und bedecken Führer und Wagen.

Schon nähern sich die Gespanne unter Peitschen= geknall in einer dichten Reihe dahinbrausend und in kurzen Vorsprüngen zum ersten Mal den Zielsäulen und der Wendung.

Aemilius Gutta, als geübter Lenker die Gefahren des Kegels kennend, läßt in wohlberechneter Lift seinen Gegnern den Vorsprung. Mit starker Faust die Zügel anziehend bäumen sich seine Rosse hoch auf, und die Blauen, Weißen, Rothen gewinnen Bahn. Das erste Gespann erreicht die Wendung. Mit raschem Griffe die Riemen links an sich raffend, fliegt Lälius Felix der Blaue mit scharfem Buge, so daß die Räder ächzen, um die Kegel. Ein Schrei des Beifalls lohnt den Erfolg.

Scharf folgen ihm die Rothen und die Weißen. Doch wie ein Keil drängt Aemilius Gutta sich von hinten zwischen beide, und den einen an die äußere Wand hin=

schiebend, den linken fast erbrückend, gewinnt er den Vorsprung.

Ein „Euge" aus tausend Kehlen, die erste Klippe ist umschifft, ein Oval und ein Delphin verschwinden von der Mauer.

„Fünfzigtausend Sesterzen für die Blauen, so schreit ein Haufen, „wir halten die Wette," so die Grünen.[13]

Lälius Felix fast zwei Pferdelängen den Uebrigen voraus, Gutta der Nächstfolgende.

„Luscus, Luscus! Seht den Einäugigen!"

So rufen sie hinten. Denn mit einem Schrei der Verwünschung seine Renner treibend gewinnt Eutychus Bahn. Pyrois sein linkes Handpferd fühlt der Peitsche Knoten, und nun eine gestreckte Reihe hintereinander bildend, fliegen die vier Gespanne mit Blitzeseile zum zweitenmal der Versura zu.

„Vorwärts Aemilius," so rufen die Nobeln und die schönen Frauen, doch dieser seine Zeit und Kraft wohl berechnend, folgt dem Blauen hart auf der Ferse. Auch zum zweitenmal umkreisen Blau und Grün die Wendung. Doch Eutychus der Weiße dicht hinter ihnen verliert die kurze Curve, sein rechtes Handpferd bäumt sich, als habe es plötzlich der böse Blick getroffen, und mit der Schnelle eines Pfeils entzieht der Rothe ihm den Bogen. Das Gift des Cäsar hat bereits gewirkt.

Schon sind die Wetten hoch gestiegen, auf kleinen Täfelchen notiren sie die Summen. Cäsar in seiner Loge auf den Purpurkissen liegend, heftet mit gestrecktem Halse den Blick fest auf die Scene. Sein tiefes schönes

Auge glüht, seine sonst ruhigen Züge bekunden der Seele
wilde Leidenschaft. Livia, seine Gattin in ihre grünen
Decken vergraben, hat Alles um sich her vergessend nur
Augen für den grünen Lenker.

Julia, des Augustus Tochter von Eifersucht und
Zorn erfaßt, winkt ihrem vertrauten Sklaven:

„Geh Dorus," so spricht sie, „und trage dieses
Silberfläschchen zur Dame in jener Loge, neben der des
Aedilen, und sage: Aemilius Gutta habe dich gesandt,
ihr diese Morgengabe zu bringen, es enthalte Essenzen
und kostbare Gerüche."

Und der Diener eilt, die Befehle seiner Herrin zu
vollführen.

Livia, die schöne Prätors=Wittwe soll die Gunst des
Lenkers heute theuer büßen, denn der Duft aus jener
Flasche, ein giftiger Hauch, wird Tod und Verderben
ihren Sinnen bringen.

Nach einer kleinen Weile ertönt aus jener Loge ein
durchdringend kurzer Schrei und eine junge Römerin sinkt
entseelt von ihrem Sitze, in der Hand die offene Fiole.

Doch nicht Livia ist die Unglückliche; der Sklave
hatte sich in der Person geirrt, sie verdankt diesem Zufalle
und den Göttern ihr junges Leben — eine ganz Unbe=
theiligte geht für sie in den Tod! —

„Doch hört ihr das Schreien?" Das ganze Theater
ist in Aufregung. Ein Knäuel von Pferden, mit Wägen,
Rädern, Zügeln im Sande sich wälzend. Seht!

Hart vor der Wendung sich mit dem Wagen über=
schlagend, und dann von seinen wilden Rennern geschleift,

ist es Eutychus, der vergebens versucht hat sich wieder aufzurichten, endlich gelungen, mit seinem scharfen Messer die Zügel zu durchschneiden.

Hierocles der Rothe, seines Gespannes nicht mehr Meister, das wild anlaufend der Weißen Quadriga berennt, stürzt kopfüber in den wirren Knäuel.

Staubwolken decken bald den ganzen Haufen. Ein von Eutychus Wagen abgelöstes Rad macht, dem Impulse folgend, noch eine Zeitlang einsam seinen Weg, bis daß es in immer kleinern Spiralen um seine eigene Achse sich drehend endlich erstirbt.

Ein Witzbold ruft:

„Einen Quadrans verwette ich für das Rad des Luscus!"

Die Menge lacht, und ein Hohngeschrei erklingt den armen halbtodten, im Staube geschleiften Lenkern.

Sich drehend, auf dem Rücken wälzend, dann sich wieder aufraffend, gelingt es zwei der schönen Pferde dem Gewirre zu entrinnen, und in rasender Eile, Stücke von Zügeln und vom Geschirr mit sich schleifend, stürzen sie vereinzelt die Bahn entlang, den Grünen und Blauen nach, welche den Vorsprung klug benützend, mit Gewandtheit Roß und Wagen, die dort aufgelöst und zerstückt im Staube liegen, haarscharf links und rechts umgehen.

Sechsmal schon hat Aemilius Gutta mit Glück die Bahn durchflogen, dicht neben ihm ist Lälius Felix der Blaue.

„Gutta, versprich mir zehntausend Sesterzen, ich lasse dir den Vorsprung," so ruft Felix seinem nahen Gegner hinüber.

„Schweig! Schurke, nicht einen Quadrans sollst du haben!" erwidert dieser.

„Gutta höre! gib mir die zehntausend Sesterzen oder ich erzähle morgen den Römern die Geschichte eines Ringes."

Gutta antwortet mit einem Peitschenschlage über Brust und Wange, und seiner Pferde Kraft, die er bis jetzt gespart, mit Wort und Hieb bis auf das Aeußerste spannend, gewinnt er den Vorsprung eines Pferdekopfes. Die Menge jubelt und rast. „Wohlan Aemilius, pfui über euch Blaue!"

„Die letzte Wendung!" so ruft man von allen Bänken.

Die Zuschauer in Schweiß gebadet, — denn die Mittagshitze ist auf dem höchsten Gipfel, in aufgelösten Gewändern mit ausgestreckten Armen, die Fäuste ballend, schreien:

„Zehntausend, hunderttausend Sesterzen, ein Landhaus für die Grünen!"

„Ja, ja! es sei!" erwidern die Blauen, denn Lälius Felix hält hart des Grünen Seite. Noch eine Pferdelänge vor der letzten Wendung und Lälius Felix ruft:

„Gutta, Gutta! fünftausend Sesterzen, versprich sie mir, und ich halte mein Gespann zurück!"

Doch ehe noch des Gegners Fluchwort ihn erreicht, trifft aus einer nahen Loge ein falscher Lichtstrahl seine Augen und vor seinem geblendeten Gesichte funkeln blaue, rothe, grüne, gelbe Sterne.

Silvia mit ihrem Spiegel hat Wort gehalten.

„Verdammte grüne Sippschaft!“ so ruft Felix sich
die Augen reibend, doch ehe der falsche Reiz ihn ganz
verlassen, hat Gutta dem so nahen Ziele, der weißen
Kreidelinie mit Blitzesschnelle zufliegend, dem Gegner
einen Vorsprung von zwei Pferdelängen abgewonnen.

„Vorwärts, Vorwärts Gutta, du bist am Ziele!“

Hei wie knallen die Peitschenhiebe auf der Pferde
Rücken, wie fallen Streich auf Streich.

Passerinus ganz mit weißem Schaume bedeckt schnauft
und keucht, als wolle er seine Brust sprengen, mächtig
zieht er seine müden Kampfgenossen mit sich fort.

Noch ein Sprung — und die Kreidelinie [14] ist erreicht. Dicht hinter ihm der Blaue.

„Euge Aemilie, felicitas nostra!“

„Hört sie rufen, seht sie toben auf den Bänken
droben?“

Die Grünen jauchzen, die Blauen knirschen mit den
Zähnen, die Weißen und Rothen verwünschen laut Lenker
und Pferde, ja selbst die Götter.

Aemilius Gutta der Sieger auf seinem Wagen in
stolzer Haltung stehend, von Blumen, Schleifen, Kränzen
fast erdrückt, und langsam jetzt die Bahn durchfahrend,
empfängt vor dem Pulvinar des Augustus auf einer
Silberschüssel das Iselasticum, [15] die Preisbörse mit
Gold gefüllt, die schönen reichgezierten neuen Gewänder,
den goldenen Ring, das Zeichen der Freien, sowie den
Palmenzweig.

Unter dem Beifallsrufen seiner Faktion zieht er mit

seinen vor Anstrengung zitternden und schäumenden Pferden im Schritte der Porta triumphalis zu.

Manch Frauenherz schlägt heftig für den schönen
Jüngling; jedes Mädchen sucht einen Blick aus seinen
Feueraugen zu erhaschen, um seinen Triumph möchte fast
ein Cäsar ihn beneiden.

Ein endloser Jubel begleitet den Sieger bis zum
großen Thore.

Die Zuschauer rüsten sich zum nächsten Wettkampfe.[16])

Doch horcht! es kracht plötzlich im Süden des Circus.
Ein wildes Geschrei aus vielen Kehlen, ein Händeringen,
Aufspringen von den Sitzen. Entsetzlich! Ein Theil der
obern Holzgerüste und Bänke, der Last der tobenden
Menge weichend, bricht zusammen, Männer, Weiber, Kinder im Sturze mit sich reißend. Ein Berg von Leibern
wälzt sich hinab in die Rennbahn und ein Knäuel von
Verwundeten, Verstümmelten, Blutenden und Zerquetschten
sucht sich unten zu entwirren; Pfosten, Balken, Bänke
stürzen prasselnd durch und übereinander, das Blut fließt
in Strömen über den Marmor der untern Bögen; vom
vierten Stockwerk bis hinab in den Sand sind die Unglücklichen gerollt, sich vergebens an Steine und Holz
anklammernd, die unteren von den oberen zerdrückt, zermalmt, in gräßlichem Kampfe um ihr Leben. Welch
Rufen nach den Angehörigen, Aechzen und Wimmern
der Sterbenden.

Entsetzt flieht die übrige Menge den Gängen und
Vomitorien zu, in wildem Durcheinander theils aufwärts
kletternd, theils in großen Sätzen abwärts springend,

sich überstürzend und beim Versuch der Rettung gegenseitig verwundend.

Dazwischen die aus ihren Stallungen ausgebrochenen scheuen Rennpferde in rasender Flucht die Bahn in allen Richtungen durchrennend, über Haufen von Todten und Halbtodten setzend.[17])

Augustus, sein Hof, die Edlen mit ihren Frauen haben sich zurückgezogen, denn die Rennbahn gleicht einem großen Leichenfelde. Die Todeskarren schleppen hunderte der Unglücklichen hinaus ins Freie nach dem Ustrum, den Verbrennungsstätten, gefolgt von Männern, Frauen, Kindern, die jeder einen Todten zu betrauern haben.

Das Fest der Flora von Unheil unterbrochen, hat sich in einen schwarzen Schleier gehüllt, die Urnen füllen sich mit Aschenhaufen, die bald ein langer Zug von Klageweibern nach den Begräbnißstätten leitet. Verklungen ist der Ruf der Menge: „Panem et circenses!"

Die Kinderstube.

„Ach Hylas! liebster Bruder, es wird Nacht, und die Eltern sind noch nicht vom Circus zurück; eine namenlose Angst beschleicht meine Sinne."

„Sei ruhig liebes Schwesterlein, schon höre ich die

Tritte und das Gelächter der vom Spiele heimkehrenden Sklaven, die Eltern werden ihnen bald folgen.

„Komm laß uns noch einmal würfeln, ich wette mein Pferdchen hier gegen deine Puppe, die Blauen sind im Siege.

„Sieh her, die Würfel sind mir heute gewogen. Nun ist die Reihe an dir. Nimm den Becher!"

„Bruder hörst du nicht die Schritte im Atrium?"

„Nun ja Schwester, die alte blinde Dienerin Saturnia wird es sein, sie sucht an Wänden und Säulen tappend ihr Cubiculum."

„Geh Hylas, liebster Hylas, nimm die Lampe, ich irre mich nicht, ich höre Männerstimmen draußen, wenn es Diebe wären, ich kröche vor Angst in die Erde.

„Doch nein, geh nicht allein, nimm mich mit dir, wir beide haben ja doppelt Muth!

„Siehst du den Mann hinter dem Vorhange?"

„Geh, sprich ihn an."

„Was willst du Fremdling in unserm Hause, so spät in dunkler Nacht?

„Bist du ein Freund, den uns die Götter senden, so sei willkommen, bist du ein Feind, so fürchte Rache."

„Ist dies das Haus des Marcus Labierus?"

„So nennt sich unser Vater."

„Ich komme vom Circus —"

„Und wo ließest du den Vater und die Mutter?"

„Euere Mutter, Kinder, hat sich beim Sturz der Bänke im Circus das Genick gebrochen, euer Vater verlor in einer Wette gegen mich heute sein Stadt= und

Landhaus, und ist alsdann hinab zum Tiberflusse ge=
laufen, um sein erhitztes Blut in dessen Fluthen abzu=
kühlen. Ich bin gekommen, um von meinem neuen
Eigenthume Besitz zu nehmen. Diese beiden braven
Männer hier waren Zeugen unserer Wette."

Die armen, nun elternlosen Kinder starren, ihr ganzes
Unglück noch nicht so recht begreifend und erfassend, mit
thränenvollen Augen auf die drei fremden Männer hin.

„Nun Kinder, was blickt ihr uns so an? Geht,
ihr seid müde, legt die schönen Kleider ab; heute Nacht
möget ihr im Stalle bei den Maulthieren schlafen, morgen
habt ihr freies Geleite."

Auf hartes Stroh gebettet, sich mit den Aermchen
fest umschlingend, liegen die gestern noch so reichen Kleinen,
heute elternlose Bettelkinder. Sie lächeln im Schlafe,
denn ihnen träumt von schönen Gewändern, Rossen, Len=
kern, Wagen, von blauer und grüner Farbe. Sie rufen
laut im Schlafe nach dem Vater und der Mutter, die
früh am Morgen hin zum Circus gingen — und nicht
wiederkamen!

Noten.

1) Die besten Rennpferde lieferten Spanien und die Gestüte von
   Arelas in Gallien, später auch die einheimischen von Sicilien.
   Die Pferde wurden durch Kenner ausgesucht, angekauft, mit
   großen Kosten und mit Sorgfalt zu Land und zu Schiff trans-
   portirt. Auch führte man die besten Stuten aus dem Auslande
   zur Zucht ein, und kreuzte dieselben. Die Pferde waren das
   Eigenthum der Faktionen, oder auch der Lenker. Im letztern
   Falle wurden Lenker und Pferde für die Rennen geworben.
   Man kannte allenthalben deren Namen und Triumphe, und
   hohe Wetten entspannen sich vor dem Wettkampfe zwischen den
   Anhängern der verschiedenen Faktionen. Bei den Wagenrennen
   kam es hauptsächlich auf das linke Handpferd, welches den
   innern kürzern Bug um die Zielsäulen zu machen hatte, an.
   Man nahm hierzu die stärksten und besten Pferde; sie waren
   funales Strangpferde, im Gegensatze zu den mittlern, welche
   jugales Deichselpferde genannt wurden; dexter funalis, sinister
   funalis, rechtes und linkes Handpferd.
2) Bestechungen der Wagenlenker, sowie Anwendung von Reiz-
   mitteln und sogar Giften bei den Pferden waren nicht selten.
3) Gewöhnlich rannten vier Farben: Weiß, Roth, Grün und Blau;
   daher Factio alba, russata, prassina und veneta. Augustus
   nahm Partei für die Grünen.
4) Die Thermen des Agrippa erbaut 25 v. Chr.
5) Coa vestis ein den Tänzerinnen eigenes Gewand von feinstem
   durchsichtigem Gewebe. crusmatae Kastagnetten, wie sie sich
   bis heute in Spanien erhalten haben.

6) Haphe, ein feiner gelber Sand zum Abreiben der Haut, um sie glatt zu machen.

7) Pompa Prozeffion, welche der Kaiser felbft anführte, die vom Kapitol ausgehend in die Porta triumphalis des Circus einlenkte. Der ganze Hofftaat, die Priefterfchaft, die Beamten und Würdenträger wohnten derfelben bei und bildeten fomit ein großartiges Schaufpiel.

8) Die Inveftitur der Veftalinnen beftand in der stola, darüber der carbassus als indumentum. Auf dem Kopfe das faltenreiche fibulum mit dem amictus. Eine Binde die infula mit der vitta zufammengehalten, verfchleierte vollkommen das Haupthaar.

9) Tensa war ein gezogener Götterwagen, ferculum eine getragene Bahre mit der Gottheit.

10) Der Circus maximus bis auf wenige Mauerrefte zerftört, wurde zuerft von Tarquinius Priscus angelegt. Er faßte an 250,000 Zuschauer, lag in einem fchönen Thale zwifchen Aventin und Palatin, da wo jetzt der jüdifche Begräbnißplatz ift.

11) Die Wagenlenker, aurigae hatten die Zügel der Pferde um den Rücken, fie konnten ihnen fomit nicht entfchlüpfen. Jedoch trugen fie im Gürtel ein kurzes, fcharfes Meffer, um diefelben im Unglücksfalle durchzufchneiden. Auf dem Kopfe hatten fie einen kleinen Helm, ferner Riemen um Hand und Fußgelenke. Die Beine der Pferde waren ebenfo umwickelt, ihr Schweif gebunden, die Mähnen geftutzt, und vor der Stirn trugen fie eine eherne Maske. Die Lenker waren mit kurzen Tuniken ohne Aermel bekleidet, die durch einen Ledergurt gehalten waren.

12) Die Ausgangsftellungen der Quadrigen waren nicht gleichgültig und wurden durch das Loos beftimmt.

13) Die Wetten im Circus verftiegen fich fehr hoch. Man gewann und verlor ganze Vermögen, Häufer und Landgüter.

14) Siebenmal mußten die Renner die Zielfäulen umkreifen, was ohngefähr in einer halben Stunde abgethan war. Eine weiße Kreidelinie an der spina gab den Ausfchlag.

15) Der Siegespreis beftand in einem Palmzweig, einer Preisbörfe mit Gold gefüllt, und in fchönen Kleidern.

16) An einem Tage rannten öfters 320 Pferde. Die Zuschauer vergaßen alle Qualen des Durstes, Hungers und der Hitze, und hielten Tagelang auf ihren Sitzen aus.

17) Das beschriebene Unglück herbeigeführt durch das Zusammenstürzen der Bänke ist historisch. Es kamen dabei an 13,000 Menschen um.

Ein Hochzeitsfest zu Karthago.[1]

224 n. Chr. G.

Die Kerker der Arena. — Der andere Morgen. — Die Braut. — Die Heimführung der Braut. — Der Marktplatz. — Die Arena. — Das Spiel. — Heide und Christin.

Motto: Christianos ad leones!

9

Die Kerker der Arena.

„Wollt ihr ruhig sein, verdammte Bestien!" so schreit Pudens, der Thierwärter der Arena zornig von seiner Bank aufspringend, „kann man denn keinen Augenblick der Ruhe pflegen!" Die spitzige Eisenstange aus dem Winkel hervorlangend, sticht er damit unbarmherzig zwischen den Gitterstäben des Zwingers durch, nach den Panthern und Löwen, die knurrend und zähnefletschend sich in den äußersten Winkel des Behältnisses zurückziehen, giebt auch im Vorübergehen dem Bären einen Schlag auf die Schnauze, daß das Thier laut aufschreit, und schüttet dem wilden Stiere einen Eimer Wasser in das Gesicht. „So nun habt ihr euer Abendessen," brummt er, und legt verdrießlich sich von neuem auf die Bank zum Schlafe nieder.

Ein Licht bewegt sich tief hinten durch den schauerlichen Gang. Der brennende Span des Sklaven, der seinem Herrn voranleuchtet. Vorsichtig schreitet Galerius, der römische Proconsul von Karthago, dem Fackelträger nach, öfters stillstehend und entsetzt den eigenen Schatten, der die ganze Wölbung deckt, betrachtend.

9*

Mit ängstlichem Blicke nähert er sich den Zwingern, durch deren Gitter ihm die Feueraugen der eingesperrten Katzen entgegenleuchten. Die Thiere knurren beim Anblick der beiden Wanderer, schlagen das Pflaster mit dem starken Schweife und zeigen gähnend ihr scharfes Gebiß. Die Bären, auf den Hinterfüßen stehend, den langen, zottigen Leib hoch reckend, und die blutig geleckten Tatzen nach außen streckend, scheinen mit falschem Auge Mitleid zu erflehen. Der Wärter hat auf des Proconsuls Befehl die Thiere fasten lassen, seit zwei Nächten entbehren sie der Nahrung. Desto besser werden sie am Tage des Festes anspringen, und der Christen Leiber zerfleischen.

Behutsam rafft Galerius seiner Toga Zipfel an sich, als fürchte er der Bestien scharfe Krallen, drückt sich hart an die entgegengesetzte Mauer, als scheue er ihre Rache für so karge Nahrung, und eilt schnell vorüber.

Die nächste Thür erschließt sich dem Proconsul, er entreißt dem Sklaven die brennende Fackel, und tritt ein.

Ein enger dumpfer Raum nimmt ihn auf. Die Luft ist schwül und moderig, in einem Winkel qualmt die düstere Lampe, in der Nische steht der Scherben mit dem Brei aus Dinkelmehl, der Krug mit fauligem Wasser. Eine Pfütze schwarzen Schlammes deckt den Boden des Christenkerkers der Arena von Karthago.

In des Raumes Mitte kniet eine Frauengestalt, das Haupt auf die Brust gesenkt, die Haare aufgelöst, in den gefesselten Händen ein hölzernes Kreuz. Das Gewand ist von ihren Thränen feucht, ihre Hände sind durch der Schnüre harten Druck blutig und aufgeschwollen, die Brust hebt sich in kurzem Athem.

Galerius, ihre entblößte Schulter berührend, spricht sie an:

„Vivia Perpetua,[2]) blick auf! ich bin es, Galerius der Proconsul. Ich komme zum letzten Mal, um dir Glück und Freiheit anzubieten; verlasse deines Kerkers dumpfe Mauern, Geliebte! leben sollst du fortan in Seide und Purpur, nur theile meiner Liebe heiße Wünsche; laß ab von dem Gotte der Christen, kehre zurück zu den Göttern deiner Väter, opfere ihnen, deren Rache du in deinem Wahne heraufbeschworen hast; komm! folge mir, der ich dich dem Leben wiedergeben möchte!"

Vivia, die Augen aufschlagend und starr empor=blickend spricht:

„Hinweg Verführer! nicht deine unreinen Schwüre, nicht deine Drohungen können mich bewegen, dem Gotte zu entsagen, dem allein mein Herz geweiht ist. Sieh hier des Kreuzes Bild in meinen Händen, glaubst du dies Kleinod mit deines Goldes Schwere aufzuwiegen? Laß ab von deinen Verfolgungen, nicht Freiheit, Purpur noch Gold tausche ich gegen meinen Glauben ein, meinem Gott allein weih ich Herz und Leben. Geh! den Karthagern werde ich ihn verkünden, wenn ich an dem Pfahle angebunden, nach seinem Reiche schmachte; laut werde ich es bekennen, daß ich eine Christin bin!"

„Wohlan denn Unglückliche so zittere! Hörst du der wilden Thiere Brüllen, die deines Körpers Fleisch zer=

reißen sollen, hörst du das Geschrei der Menge die von
Nah und Fern herbeieilt, um deinen und deiner Brüder
Tod mit anzusehen? Sieh zu, ob der Gott dich errettet,
den du dir zum Beschützer auserkoren hast. Zertreten
will ich die Brut der Christen, die dem alten Glauben
entsagt und sich erfrecht hat, Uneinigkeit und Ungehorsam
in Karthagos Mauern zu säen. — Vivia Perpetua, dein Blut
will ich, da ich deine Liebe vergebens suchte!"

Der Proconsul eilt hinaus, das Thor schließt sich
hinter ihm, und fort schreitet er in fieberhafter Aufregung
durch die Gänge, Bögen und leeren Gassen der Wohnung
des Aedilen zu.

„Ich komme Plautus," so spricht er zum Haus-
herrn, „um deine Tochter Sempronia zum Weib zu
werben; doch habe ich weder Zeit noch Laune mit ihr
zu tändeln und zu kosen, verkünde ihr meine Wahl, in
zwei Tagen soll die Hochzeit sein! Hörst du Plautus!"

Der Alte steht verblüfft da ob dieser seltsamen,
schnellen Werbung.

„Verstehe das wer kann, doch dem Proconsul die
Tochter zu verweigern, wäre unklug" so denkt er, und
begiebt sich kopfschüttelnd in die Frauengemächer.

Der andere Morgen.

„Der Proconsul Galerius wird morgen mit Sem=
pronia der Tochter des Aedilen Hochzeit halten," so
rufen die Vocatores an den Straßenecken aus. Köche,
Sklaven und Marktweiber stehen zusammen und flüstern,
denn unbegreiflich erscheint allen die Kunde.

„So schnell," meint der und jener.

„Wie kam es doch, und warum gerade die?" so
fragen die Mütter.

„Welch Glück für ein so junges Ding, die Gattin
des Proconsuls und unser aller Herrin zu werden," so
sagen neidisch die Töchter.

„Bei Juno! sie hat es ihm angethan, ihn traf der
böse Blick!" so die alten Weiber.

Doch tröstet Alle das eine, daß nach der Hochzeit
freies Mahl und Trank gereicht werden, und was noch
mehr ist, daß am andern Tage den Neuvermählten zu
Ehren in der Arena Spiel und eine Christenhetze statt=
finden soll. Galerius will den treuen Karthagern ein
Schauspiel geben, wie es zur Zeit in Rom gebräuch=
lich ist.

„Gut denn, heirathe er, wen und wann er wolle,
nur Würste, Meth, Wein und Unterhaltung muß es
geben," so meint zuletzt der Pöbel von Karthago.

Auf dem Markte steigt schnell der Preis der Eier
und Gemüse, die Fische kosten mehr als sonst, Geflügel
ist kaum zu erschwingen, Wildpret ohnehin sehr theuer.

Ja, eine solche Hochzeit kommt so leicht nicht wieder, man muß sie auszubeuten wissen, denken die Händler.

„He Ballius, wohin so eilig?" so rufen sie dem schnell vorübereilenden Hausprokurator des Statthalters zu.

„Du läufst wohl mit Phöbus um die Wette, oder schmerzen dich die Zähne?"

Ballius verschwindet in ein enges Nebengäßchen. Hart an der Stadtmauer liegt der umschlossene Hof, das Ziel seiner raschen Schritte.

Ein Schiff mit frischen Sklaven ist heute morgen angekommen. Auf der Catasta, dem Holzgerüste mit weiß übertünchten Untersätzen, stehen die verkäuflichen nackten Menschen, aus allen Nationen zusammengewürfelt: weiße, braune und schwarze; große und kleine; junge und alte. An ihren Hälsen hängt das Brett mit Namen, Alter und Herkunft beschrieben:

Syrier, Nubier, Mysier, Kappadocier und Griechen; gebildete und rohe Waare; je nach Verlangen. Der Präco, Versteigerer kündigt laut die Vorzüge eines Jeden an.

Von der Peitsche des Mango angetrieben,[3]) werden die Unglücklichen zu Sprüngen und Verrenkungen des Körpers veranlaßt, um den Käufern ihre Gesundheit und Tauglichkeit nachzuweisen. Mit harten Fäusten dehnt man ihnen die Kinnbacken auseinander, um die Festigkeit der Zähne aufzudecken. Manche, besonders die Griechen, sind ihrer Handfertigkeit wegen stark begehrt und theuer bezahlt.

Ballius ist von seinem Herrn dem Proconsul be=

auftragt, für den neuen Hausstand die Sklaven anzu=
kaufen. Mit Kennermiene schweifen seine Blicke musternd
über die ausgestellte Waare. Den einen an allen Glie=
dern befühlend, seine Charniere biegend und erprobend,
den andern auf das Gebiß untersuchend, eines dritten
Kenntnisse erfragend, und zu einer zweiten Catasta über=
gehend, wenn seine Anforderungen nicht befriedigt sind,
auch wohl um den Kaufpreis feilschend, zieht sich sein
Geschäft sehr in die Länge.

„Nun Ballius!" so rufen die Versteigerer, „komm
doch hierher, einen bessern Atriensis, findest du kaum
auf den ganzen Markt, dazu spottbillig: 1500 Denaren;
oder ziehst du den da für einen Ordinarius passend vor?"

„Dieser Bursche," schreit ein anderer, „schreibt eine
leserliche Hand, und könnte deinem Herrn als Librarius
gute Dienste leisten."

„Ballius mein Bester," kreischt ein dritter, „beim
Jupiter! du suchest fehl, nur auf meinem Brette giebt es
gute Waare. Gesund sind meine Burschen, wie die Fische
im Meere. Die beiden Riesen hier suchen als Thürsteher
ihres Gleichen, und dort Nummer drei, ein Lector der
zwei Nächte vorliest ohne einzuschlafen! Was meinst du?"

„Wer kauft Moriones oder Fatui, seltene Exem=
plare? Auf der Catasta dieses Schreiers stehen miß=
gestaltete blödsinnige kleine Kerle mit dicken Köpfen und
alten Gesichtern, dazu bestimmt, den vornehmen Herren
durch ihre Einfalt die Zeit zu kürzen.

Ballius hat endlich seine Wahl getroffen, seinen
Herrn um dreitausend Sesterzen betrogen, die er ihm zu

viel auftreibet, und einer Herde Schafe gleich, führt er die angekauften Sklaven vor sich her nach Hause. Dort angekommen, werden den neuen Dienern nach dem Bade und nach der Säuberung die kurzen farbigen Tuniken und die Sandalen zur Bekleidung angewiesen, und jeder seinem Amte zugetheilt.

In dem Atrium des Bräutigams schleicht die alte Großmutter herum, und theilt mit ängstlicher Sorgfalt und mit keuchender Stimme die Befehle an zwei Diene= rinnen aus, die bemüht sind, den Lectus genialis, das schmucke Ehebett aufzuschlagen. 4)

Aus Therebinthenholz mit Schildpatt ausgelegt an den Ecken vergoldet und von vier Greifen getragen, steht in des Gemaches Mitte das Bettgestell mit festen sich kreuzenden Gurten bespannt, welche die steife Matratze aufnehmen.

Weiche Kissen mit Wollflocken ausgefüllt und von den Dienerinnen gehörig aufgerüttelt, werden sorgsam auf dieselbe gelegt, und mit den Händen platt gedrückt.

Eine weiche Pallia mit eingewebten, symbolischen Figuren, bildet die überhängende Decke, welche die Alte mit ihren magern runzeligen Händen nach allen Seiten hin glatt streift, damit keine Falte die Harmonie des Ganzen störe.

Nachdem sie auch die seidenen, mit Schwanenflaum ausgestopften runden Kissen, welche das Kopfende des Bettes zieren sollen, mit ihrem Aermel abgewischt und durch Blasen mühsam die kleinen Stäubchen entfernt hat,

welche hier und da daran kleben, legt sie dieselben oben=
an, und betrachtet mit Wohlgefallen ihr Werk.

Zwei Thränen entfallen ihrem welken Auge. Wohl
denkt sie an die schöne alte Zeit zurück, da sie selbst ge=
schmückt mit Kranz und Schleier zum ersten Mal an der
Hand ihres Bräutigams das eheliche Gemach betrat.

Nicht so prächtig wie heute waren Raum und Ge=
räthe, weder Purpurdecken noch seidene Kissen bedeckten
Bett und Boden, keine Sessel mit vergoldeten Füßen
barg ihr bescheidenes Gemach; doch ihre Ehe war eine
glückliche, bis daß der unerbittliche Tod den Gatten von
ihrer Seite riß.

Mit den Zipfeln ihrer Palla trocknet sie die feuchten
Augen, gießt dann auf den frischen Docht der Lampe
mit zitternder Hand das wohlriechende Oel, wirft schnell
einen Blick in das Gemach, ob kein fremdes Auge sie
belausche, und steckt dann hurtig und verstohlen zwischen
Matratze und Decke ein Stückchen Schaffell, auf daß
reicher Kindersegen die junge Ehe kröne, und verläßt
seufzend das Gemach:

„Schöner ist es heut zu Tage,“ so murmelt sie im
Gehen, „aber zu meiner Zeit — war es besser.“

Die Braut.

Eine Reihe von kleinen Zimmern umschließt das Cavaedium, dessen bedeckte Gänge mit Guirlanden und wollenen Schleifen geziert sind. Ein herabwallender Vorhang verhüllt den Eingang zu dem jungfräulichen Gemach der zwölfjährigen, schönen Braut.

Durch das offene Dach dringt ein Strahl der Sonne ein, welcher die mit großer Sorgfalt abgezirkelten Veilchen=, Crocus= und Iridenbeete, die den kleinen, plätschernden Springbrunnen umfassen, hell erleuchtet, und in den Gängen tiefen, kühlen Schatten erzeugt. Die sonst so ruhigen stillen Hallen sind heute belebt, denn die Bedienung der Braut erfordert vieles Laufen und geschäftiges Hin= und Hergehen. Die Dienerinnen flüstern und fragen, und verschwinden hurtig hinter den Vorhängen und durch die Gänge, denn die Braut ist dem Bade entstiegen — so heißt es — der Dienst der Ornatrix und ihrer Helferinnen soll beginnen.

Ein feiner Duft von Nardengrasöl, dem Teppiche des Fußbodens entsteigend, erfüllt die Luft des kleinen reizenden Gemaches in welches die junge Herrin in einen leichten Ueberwurf von schneeiger Leinwand gehüllt, so eben eingetreten ist. Angenehmes Halbdunkel herrscht in dem Raume, dessen Ruhe nur durch das Rieseln des Wassers in der marmornen Schale und durch das Summen eines in die Vorhänge verirrten Nachtschmetterlings unterbrochen wird.

In der Ecke liegen neben dem Spinnrocken und der Spindel die Incunculae, [5] Puppen aus Thon und Elfenbein, sowie die Astraguli, kleine Wirbel, mit welchen sie noch gestern spielte, und die heute den Penaten zum Opfer fallen.

Runde Tischchen aus Cedernholz mit vergoldeten Widderfüßen tragen die verschiedenen, zur Toilette hergerichteten Gegenstände und Geräthschaften. Dem reich gezierten Narthecium, dem Salbenkästchen aus Elfenbein, ist der Inhalt entzogen, denn in geordneter Reihe stehen daneben Fiolen gefüllt mit kostbarem Olivenöl, Majoran, Lilienwasser, Oesipum, sowie mit hautreinigender Eselsmilch. Schminken aus rosagefärbtem Bleiweiß, Augenbrauenschwärze mit Zusatz von Rosen und Narden, Dentifricium zum Reinigen der Zähne aus Präneste füllen die Salbentöpfchen aus Alabaster und Elfenbein, welche zwischen zarten weißen Wollflocken, Kämmen, Striegeln, Nadeln und Bürstchen stehen.

Sempronia hat anf der purpurnen Cathedra, dem Lehnstuhle in der Mitte des Gemaches Platz genommen. Das schwarze Haar, noch feucht von den Dünsten des Bades, fällt nachlässig auf ihreentblößte Schulter herab, die nackten kleinen Füßchen ruhen auf der Pantherhaut. Eine junge schöne Sklavin ist beschäftigt, dieselben mit dem zarten Linnentuche, dem Sabanum zu trocknen und abzureiben. Feine lederne Sohlen legt sie an, die mattgelben Seidenbänder winden sich um Zehen und Knöchel und eine Agraffe aus Onix schließt das Geflechte der Sandalen.

Schwer liegen die aufgelösten Haare in der Hand der Ornatrix, die sie mit dem Elfenbeinkamme sorgfältig glättet. Mit kundiger Hand wählt die Dienerin die Oele und Salben, welche in ihrer Handfläche vermischt und zerrieben mittelst Baumwollflocken aufgetragen werden.

Das beschnittene Vorderhaar theilt sie dann mittelst der mystischen Hasta caelibaris, einer Lanzenspitze in sechs Crines[6]) auf jeder Seite dreifach ab, schlingt die Vitta, das Wollband durch, dessen Enden sich in dem Knoten des Scheitels verlieren.

Dreitheilig geflochten ist auch der Zopf, und zuerst nach vorn, dann nach hinten gelegt, bildet er das Nest, welches den selbst gepflückten Kranz[7]) von Verbenen und Rosen aufnimmt.

Sempronias Schooß funkelt und blitzt von darin ausgeschüttetem Geschmeide.

Mit den kleinen Fingern wühlt sie in dem Gold, in den Steinen und Perlen, welche ihr der Bräutigam zur Morgengabe gesandt hat, bald eine Catella, bald eine Monilia heraushebend und mit Wohlgefallen betrachtend, bald auch die goldenen Schlangen mit den Rubinaugen, die fein getriebenen Armillae mit den künstlichen Schließen über Hände und Gelenk schiebend. Ihr unschuldiges Auge strahlt bei dem Anblick der Ringe und Gehänge, die nun bald ihre Finger und Ohren schmücken sollen, und mit mädchenhafter Ungeduld verfolgt sie in dem Spiegel in ihrer linken Hand den Aufbau ihres Kopf= putzes, der der Vollendung entgegenschreitet.

Das goldfarbene Haarnetz überspannt bald Flechten

und Locken; geschwärzt sind Wimpern und Brauen; eine
zarte Schminke bedeckt die blassen Wangen.

Noch wird der rothgelbe Brautschleier [8]) angenestelt,
der rückwärts fast bis zur Erde hinabfällt, und Sem=
pronia erhebt sich von ihrem Sitze, denn zwei Dienerinnen
werfen ihr mit hochgehobenen Händen die blendendweiße
Regilla [9]) über, während die Ornatrix mit ängstlicher
Sorgfalt den Kopfputz vor jeder Beschädigung schützt.
Die Falten des Gewandes werden nach allen Rich=
tungen gezupft und geordnet. Der wollene Gürtel
mit dem Herculesknoten, dem Attribut der Braut, vol=
lendet den Anzug. Ein Band von feinem Goldgeflechte,
an welchem kleine Glöckchen hängen, von beiden Seiten
in ein Schloß zusammenlaufend, das mit Rubinen geziert
ist, umschließt den schönen Hals. Zwei schwere Perlen
werden in die Ohren eingehakt, die Finger mit kostbaren
Ringen geziert, die Armspangen angelegt, und an der
Hand der Brautführerin, verläßt die in allen Reizen der
Jugend Prangende ihr kleines trauliches Gemach, die lieben
Wände, die Zimmergeräthe und all die stummen Zeugen
unschuldiger Träume und Spiele der Kindheit. Zu dem
häuslichen Herd mit den Penaten des elterlichen Hauses
wendet sie ihre Schritte, senkt mit thränenden Augen die
kleinen braunen Opferkörner in die flammende Schale,
wirft einen letzten liebenden Blick hinaus auf die Schwal=
ben und girrenden Tauben, die in der Rinne des Jm=
pluviums sitzen und traurig des letzten Futters harren, ge=
denkt auch noch liebevoll dankend der treuen Dienerinnen,
welche weinend sie umstehen, und mit einem Seufzer

sich schnell von allem, was ihr so theuer war, wegreißend, eilt sie durch das Tablinum nach dem Atrium, wo theilneh= mende Verwandte und Freundinnen ihrer sehnsüchtig harren.

In den engen Gassen, durch welche der Hochzeits= zug seinen Weg nehmen soll, wogt die neugierige Menge seit frühem Morgen auf und ab: Freunde des Hauses, Müßiggänger, Verwandte und Clienten, Soldaten, Kinder, Marktweiber, junge Frauen, Matronen und Handwerker, kurz die halbe Stadt ist auf den Beinen, und harrt un= geduldig des Schauspieles. Der Platz vor dem Hause des Aedilen ist mit Safran und Sägemehl bestreut, und von Gruppen jeglichen Alters und Standes bestellt. Guirlanden von Rosen, sowie wollene buntfarbige Binden wallen an den Thürpfosten des Hochzeitshauses. In ehernen Dreifüßen brennen helle Feuer mit Kienholz und der symbolischen Distel genährt, es erschallen die Hörner der Buccinatoren, das Volk drängt sich in die Winkel und nach den Mauern hin, denn Galerius, der Statt= halter und Bräutigam in blendend weißer, purpurgerän= derter Toga mit gelben Sandalen, und auf dem Haupte den Kranz von Rosen, ist erschienen, gefolgt von der Schaar seiner Clienten und Diener, und hat von den Umstehenden ehrerbietig begrüßt und mit Jubelgeschrei empfangen, die Schwelle des bräutlichen Hauses über= schritten. Sein Blick ist ernst und düster, seine Lippen sind krampfhaft geschlossen. In der Vorhalle ist der Opferaltar aufgeschlagen. Die Pronuba führt die zitternde Braut dem Bräutigam entgegen, [10] und ver= einigt die Hände beider.

Ein Schaf empfängt durch den Opferpriester den Todesstoß, es dampfen die Gedärme seines geöffneten Leibes und unter Gebeten und Anrufen der Göttin Ceres und der Juno pronuba werden von den anwesenden Auspices die Auspicien[11]) gestellt. Aus der Gestaltung der Eingeweide und dem Fluge des Falken sagen sie der Ehe einen günstigen Verlauf voraus. Das weiche Vließ des Thieres breiten sie über die Sitze, auf welche sich die Verlobten niederlassen. Die Braut streut Weihrauch in die goldene Opferschale, und besprengt den Altar mit Wein, nachdem sie den Worten des Priesters gelauscht, und das Haupt ganz in den Schleier gehüllt hat. Die Flöten erklingen, und der Opferknabe, Camillus, zündet mit dem brennenden Kienspahn das Feuer des Altars an, auf welchem das Opferthier blutet.[12]) Es treten die Verlobten an den brennenden Tisch und sprechen die üblichen Gebete zu den Göttern Tellus und Mars picumnus, welche die günstigen Zeichen gesandt haben, und von links nach rechts unter Vortritt des Flamen mit dem Feuer und Wasser umkreisen sie, die Formeln nachbetend, dreimal den geheiligten Ort.

Ein schöngelockter Knabe hält während des Umgangs das Cumerum mit den Getreidekörnern und Früchten, die in das Feuer des Altars zugeworfen werden. Den Anwesenden wird die Mola, der Hochzeitskuchen ausgetheilt, und die Freunde setzen sich alsbald zu Tische.

Die Heimführung der Braut. [13])

Das Hochzeitsmahl ist vorüber. Die Sonne wirft schon lange Schatten, es neigt sich der Tag und die junge Braut wird der harrenden Menge, die in Jubel= geschrei ausbricht, von der Brautführerin vorgeführt.

Die Fackeln entzünden sich schnell, eine freudige Bewegung zieht sich nach allen Richtungen hin, das Volk bildet eine freie Gasse, durch die der Hochzeitszug seinen Weg nach dem Hause des Bräutigams nehmen soll. Die Kinder des Haufens erklettern die Mauern und erhöhten Punkte, oder drängen sich kühn in die vor= deren Reihen, um keinen Moment des seltenen Festes zu verlieren. Gelächter und Spottrufe sowie Beschim= pfungen mischen sich in die Töne der Hörner und der Flöten, welche feierliche Weisen spielen; die schnell auf= lodernden Fackeln beleuchten hell hunderte von neugierigen Gesichtern.

„Ecce Camillus!" so schreit der dem Hochzeitshause zunächst stehende Haufe, denn der Knabe mit der Hoch= zeitsfackel aus dem der Ceres geheiligten Holz gebildet, überschreitet die Schwelle des Hauses, es erschallen die Fescenninen.

Von zwei schön gelockten Knaben, Prätextati, an den Armen gehalten, folgt die dem väterlichen Hause geraubte Braut, die schöne Sempronia; ihr sanftes Antlitz ist von dem Schleier zur Hälfte bedeckt, ihre Hände zittern, ihr

Gang ist schwankend, bei dem dröhnenden Zurufe der Menge zuckt sie erschreckt zusammen.

Der Bräutigam an ihrer Seite wirft bei dem Austritt aus dem Hause, dem Gebrauche gemäß, Nüsse[14]) und Münzen unter die Knaben aus, welche sie stürmisch von ihm verlangen. Es wird die mit Schleifen gezierte Spindel und der Spinnrocken der Braut nachgetragen; Verwandte und Freundinnen schließen sich dem Zuge an; fünf fackeltragende junge Frauen umgeben die Verlobten. Der Ruf „Talasse" zum Gott der Fruchtbarkeit ertönt im Volke, welches in dicken Haufen sich dem Zuge nachdrängt, der langsam seinen Weg der Wohnung des Bräutigams zu nimmt.

Der Idus des Mai, welch unheilvoller Tag für eine Hochzeit,[15]) kein Wunder wenn die Götter schlimme Zeichen senden:

Die Opferthiere der Tempel wurden heute morgen blutleer befunden; Boten aus dem Süden melden, daß vergangene Nacht Schwärme von Cicaden Flur und Feld verwüstet hätten, verirrte Wanderer vernahmen Gesänge und wunderbare Rufe aus den Felsenhöhlen bringen, und das eherne Standbild der Astarte habe in den Morgenstunden Töne abgegeben, wie an Tagen des Schreckens und der Schlachten; so erzählen sich die Leute.

Galerius blickt finster, kaum wagt er die Augen aufzuschlagen, zerstreuten Sinnes folgt er seiner jungen Braut.

An der Biegung einer Straße drängt sich ein Weib mit Hast durch die gaffende Menge, Alle mit starkem Arme auseinander schiebend.

Jubay die Närrin und Strandläuferin nennen sie
die Leute. Elende Fetzen bedecken ihren Leib, ihre wal=
lenden Haare beschatten ein ehemals schönes Gesicht,
welches nun der Krankheit und des Elends Stempel
trägt. Jubay aus dem Stamme der Sochot=Benoth,
eines Fürsten Enkelin.

In ihren Armen liegt ein Bündel Schilf mit Lum=
pen sorgsam umwickelt, ihre verstörten Augen suchen in
den Reihen des Hochzeitszuges. Mit einem Schrei des
Wahnsinns stürzt sie plötzlich auf den Bräutigam los:

„Mir gehörst du Elender! ich kaufte dich mit meiner
Schande, damals als wir in Siguessas schwarzen Felsen
die Löwen jagten. Du schwurst mir Lieb und Treue,
und stießest dennoch mich mit Füßen, als ich später arm
und elend vor deiner Thüre lag.

„In den Fluthen des Bagradas ertränkte ich das
Kind unserer Liebe, als meine Brüste welk waren, und
ich zu schwach mich fühlte, es dem Leben zu erhalten.
Der Fluß spie die Leiche wieder aus. Sieh her Galerius!
erkennst du das Geschöpf in meinen Armen?"

Vor die Füße des Proconsuls wirft Jubay das
Bündel Schilf. „Hier Verräther! sieh dein Kind, nimm
es mit in deine neue Ehe!"

Der Statthalter beißt die Lippen zusammen, daß
sie bluten, seinen zitternden Körper stützt er auf des
Sklaven Schulter, doch der beginnende Hörnerklang gibt
ihm die Fassung wieder.

„Hinweg!" so ruft er, sich mit Gewalt dem Weib

entwindend, „Hinweg mit ihr! aus ihrem Munde spricht der Wahnsinn, ich kenne das Weib nicht!"

Jubah fällt von hartem Stoß getroffen betäubt in die Reihen der Zuschauer zurück.

Der Zug erreicht den Marktplatz. Im Hintergrunde gen Süden erhebt sich auf demselben ein schwarzes Ge= mäuer; auf hohen Pfeilern und Bögen thürmt sich der Bau auf, die sinkende Sonne wirft lange, schwarze Schatten in die untern Hallen.

Auf der Zinne der dachlosen Arena sitzen die Raben in langer Reihe neben einander, sich zum Schlafe rüstend. Beim Schalle der Trompeten fahren sie plötzlich erschreckt auf, und mit einem Gekrächze, das Alles übertönt, stiegen sie in dichten Schwärmen über die Köpfe der Menge hin, als unheilsvolle Boten.

Galerius blickt auf, und schaudert zurück beim An= blick der Arena, das Blut erstarrt in seinen Adern, denn diese schwarzen Quader decken ein verrathenes, verkauftes Frauenherz.

Vivia, so däucht es ihm, krächzen die Raben, die schwarzen Unglücksvögel, Vivia, so klingt es von allen Seiten in seine Ohren, Vivia, so tönt es aus den Lüften, aus der Erde.

Der Wüstling hüllt schnell sein leichenblasses Antlitz in die Falten der Toga, der Boden weicht gleichsam unter seinen Füßen und gebrochen erreicht er des Mark= tes Ende.

Sempronias Augen schwimmen in Thränen, die immer

reichlicher fließen, je weiter ihre zitternden Füße sie vom
Eltern=Hause entfernen.

Da, wo vier Straßen sich kreuzen zieht sie, dem
Gebrauche gemäß, eine Silbermünze aus der Sohle, [16]
und opfert dieselbe den Lares compitales, den Straßen=
göttern. Eine liebliche Stimme tönt an ihr Ohr:

„Muth Sempronia! Muth mein Kind!" Sem=
pronia blickt auf, und ein kurzer Freudenschrei entfährt
ihrem Munde, denn in der Menge hat sie Michaia ihre
Amme erkannt, die den weiten Weg von Sicca nicht
gescheuet hat, um ihr liebes Pflegekind noch einmal zu
sehen und an das Herz zu drücken.

Neuer Muth belebt ihre Brust, und festeren Fußes
schreitet sie dem Hause des Bräutigams zu.

Die Sonne ist schon gesunken; Fackeln und Feuer
werfen hellen Schein. Es hält der Zug, ein Freuden=
ruf der Menge erschallt, die Verlobten sind im Angesichte
des Hauses des Proconsuls. Der Sitte gemäß tritt der
Bräutigam vor seine Thüre, und stellt mit erhobener
Stimme die Anfrage [17]):

„Wer bist du, die hier Eingang begehrt?" Die
Braut antwortet:

„Wo du der Herr, da bin ich die Frau!" Mit
dem Fett des Wolfes bestreicht sie dann des Hauses
Pforte, auf daß die Götter ihren Eingang segnen, um=
windet auch die Pfosten mit wollenen Binden, um das
Haus unter den Schutz der Laren zu stellen.

Die nunmehr vor den Augen des Volkes zur Mater
familias erhobene Braut, heben zwei Brautführerinnen

über die Schwelle, damit ihr Fuß nicht anstoße; in der Vorhalle wird sie von der Pronuba mit dem geheiligten Wasser besprengt, und die Weißdornfackel an dem neuen häuslichen Herde entzündet, um deren Besitz die noch versammelten Freunde kämpfen, während Sempronia, von der Pronuba geleitet, das Ehegemach betritt.

Es schließen sich nun des Hauses Pforten, die Freunde und Verwandten entfernen sich langsam, die junge Frau ihrem Schicksale und dem Schutze der Götter überlassend.

Der Marktplatz.

„Wer geht mit zu den Seiltänzern?" so fragen die Knaben einander, ein dicker Haufe bricht sich Bahn, und biegt in die nächste Gasse ein, die zum Campum boarium, dem Markte führt.

Lebhafter Glanz von auf der Mitte des Platzes angezündeten Feuern, und von den Lampen der Schau= buden und Schenken, beleuchtet die in buntem Gemische sich auf= und abbewegende vom Hochzeitszuge kommende Menge.

An den Ständen der Garköche und der Wursthändler geht es auf das Lebhafteste zu, denn ein Jeder, dem das Glück zu Theil wurde von den, während des Zuges ausgeworfenen Münzen eine oder mehrere zu erhaschen, sucht sich mit warmen Würsten zu versehen. Botuli und Hilae, Blut und geräucherte, Speck und Schinken nebst Honigbroden werden in Menge verabfolgt. Meth und saurer Wein berauscht schnell die Köpfe, und Lust und Leben gibt sich in den verschiedensten Tönen und Geberden kund.

Gespannte Seile auf einem erhöhten, blutroth angestrichenen Gerüste, auf welchen braune, von der afrikanischen Sonne verbrannte, wüst aussehende Petauristae in kurzer Tunika mit hohen Coturnen ihre halsbrecherischen Künste produziren, sind von Schaulustigen belagert.

Auf dem Pflaster daneben schwingen Athleten schwere Gewichte und Halteres, ihre Muskeln unter der Haut spielen und hüpfen; Funambuli, Gaukler zwängen ihre Körper durch enge Ringe, während junge Mädchen auf den Händen gehend und sich überstürzend, einige armselige Kupfermünzen zu verdienen suchen.

Und dort die Schaubude des Mansuetarius, gefüllt mit seltenen Thieren aus den Wäldern und Wässern Afrikas mit halbtodten Schlangen und Krokodilen, mit zerrupften, hungerigen Straußen, Affen und gezähmten, mageren Gazellen.

Eine Bretterbude, heller beleuchtet als die andern ist stark von Schaulustigen und Käufern belagert. Wir drängen uns heran. Auf der Auslage schimmern uns die hier zum Verkaufe ausgestellten Gegenstände entgegen: Götterbilder roh in Holz geschnitzt, blau und gelb bemalt, mit Goldflimmer geschmückt: Diana mit braunem Gesicht

und hochrothen Wangen; Merkur, Fortuna und Juno
mit Fäden um den Hals gebunden zum Tragen am
Gürtel; verschiedene Hausgötter; auch Minerva und Vesta
in buntverzierten Holznischen und Kästchen, spottbillig,
„zwei As das Stück", so ruft der Verkäufer und Künst=
ler aus; dann weiter Nimbi, eherne Kronen um die
Häupter der Götter gegen den Schmutz der Vögel und
Flebermäuse zu schützen; Ringe mit dem Kopfe der Astarte
eingegraben; Amulette von Holz und Elfenbein; häßliche
Fratzen; Skelette von Schlangen und Eidechsen zum
Schutze gegen den bösen Blick; geschnitzte egyptische
Götzen in Talk und Gyps, mit Glasperlen geschmückt.

Mit Blicken der Verehrung und der Begierde be=
trachten die Umstehenden den bunten Flimmer, doch die
Münzen sind bereits gegen Würste umgetauscht, kein As
ist für die Götter übrig.

Wollt ihr die grausamen Uebungen der Faustkämpfer
mit den bleiernen Fäustlingen ansehen, so drängt euch in
jenen dichten Kreis, doch hütet euch vor Dieben, die von
nah und fern gekommen sind, um ihr Handwerk an den
Karthagern auszuüben.

Hütet euch auch vor den feilen Priesterinnen der
Venus, die unter den Bögen der Arena dem finstern
Laster fröhnen.

Eine Bewegung nach der Südseite des Platzes
hin gibt sich plötzlich in der Masse kund, der Ruf:
„Christiani!" ertönt, und schnell leeren sich die Buden
und die Schenken, Alles strömt nach besagter Rich=
tung hin.

Angeführt von den Schergen des Gerichts und gefolgt von höhnenden Frauen und Kindern, bewegt sich ein trauriger Zug über das Pflaster.

Gefesselt an Mörder sind zwei junge Leute, Saturus und Felicitas, Christen, die sich geweigert haben, dem Edikt des Kaisers Genüge zu leisten und den heidnischen Göttern zu opfern. Von den Richtern zum Tode durch die Thiere verurtheilt, nehmen auch sie ihren Weg zu den schauerlichen Kerkern der Arena. Das Volk verfolgt sie mit Jauchzen; Steine und Koth treffen ihre Leiber von allen Seiten, „zu den Löwen!" so rufen die Frauen und die Kinder, „die Christen zu den Löwen!" so wiederhallt es von allen Seiten; der ganze Haufe drängt sich den Unglücklichen nach, und stürmend erreicht der immer mehr anschwellende Zug den Eingang zur Arena. Schnell werden die Treppen erklettert, und unter Stoßen und Drängen die bessern, am kommenden Tage der Sonne nicht ausgesetzten Plätze erobert.

Gespensterartig ist der Anblick der auf den dunkeln Bänken sich bewegenden Menschen, der hüpfenden und mit ihren Trägern hin- und herlaufenden Lampen. Das schwarze Gemäuer wirft lange Schatten, der aufgehende Mond gleitet mit seinem unsichern Glanz darüber hin.

Mitternacht ist kaum vorüber und die obern Gallerien der Arena sind schon überfüllt. Heute Nacht schläft Niemand in Karthago. Gestern Hochzeit, morgen Spiel und Unterhaltung, wer könnte da wohl an Schlaf und Ruhe denken?

Drunten im Sande klopfen und hämmern sie, denn

die Gerüste und Pfähle werden aufgeschlagen, an denen
die Christen bluten sollen. Spottrufe und rohes Geschrei
mischen sich in den Ruf nach Wein und Essen. Jede
kommende Stunde bringt Tausende von Nachzüglern,
und der heranbrechende neue Tag findet Karthagos Be=
wohner sowie die der ganzen Umgegend trunken auf den
Marmorsitzen des Amphitheaters.

Die ersten Strahlen der aufgehenden Sonne begrüßt
der Ruf aus tausend Kehlen:

„Die Christen zu den Löwen!"

Die Arena.

Rasch füllen sich nun auch die Logen des Mittel=
standes und der Edlen. In schönen Sänften erscheinen
jetzt die Vornehmen der Stadt mit ihren Frauen und
Töchtern, die Würdenträger in Festtogen. Verkäufer
ziehen mit frischen Lebensmitteln der Menge nach und
schlagen ihre Stände unter den Bögen des schwarzen
Gebäudes auf, um in den Zwischenpausen bei der Hand
zu sein.

Die afrikanische Sonne brennt mit ihren doppelt
glühenden Strahlen auf die Köpfe der Anwesenden; ein
Blüthen und Blätter versengender Südwind führt aus
den Steppen seine Sandkörner herüber, die gleich

einem heißen Aschenregen sich auf die Menschen herab=
senken.

Schwärme von Fliegen treiben die Ungeduld des
Volkes auf ihren Gipfel. In den obern Regionen sind
alle Banden gelöst, die Gewänder der Männer bis zu
den Hüften abgestreift, legen deren sonnverbrannte mit
eingeäzten, mystischen Zeichen bedeckte Haut frei. Um
Hals und Brust hängen die Amulette zum Schutz gegen
Krankheiten und gegen den bösen Blick. Die Weiber
haben ihre Gürtel gelöst, die Kleider hängen schlaff von
den Schultern herab, denn eine träge erstickende Luft
schwebt über den Häuptern. Auf den Zinnen liegen
Späher auf den Bäuchen, und ihre Blicke stadtwärts
wendend, erwarten sie das lautbegehrte Nahen des Pro=
consuls, der das Spiel eröffnen soll.

Umsonst das Toben, umsonst das Schreien, die ge=
treuen Karthager müssen warten.

Galerius sitzt daheim beim Wein und Frühstück,
Frau Sempronia im Bade und bei der Toilette. Wäh=
rend Dienerinnen ihr die Haare kräuseln, die Brauen
und die Wimpern färben, nascht sie Süßigkeiten, Honig
und Backwerk, und zupft zur Kurzweil bunte Fäden aus
dem Gewebe ihres Sessels, von Zeit zu Zeit auch einen
Blick in den Spiegel werfend.

„Gerechte Götter!“ so spricht sie zur Sklavin, „Bet=
sabeth du drehst mir heute Locken, als sollt’ ich auf der
Bühne die Furien spielen, auch meine Nadel ist ver=
bogen, und bei Juno, mir scheint, du hast statt Rosen=

Zimmtöl in mein Haar geträufelt. Was treibst du? Du bist zerstreut, verwirrt!"

Die Sklavin sinkt zu der Herrin Füßen, die sie fest umklammert.

„Sollt' ich nicht zerstreut, verwirrt und wehmüthigen Herzens sein? Sehe ich dich o Herrin so geschmückt und herrlich angezogen, als träte von neuem Hymen in dies Haus ein, dich die schöne Gattin unseres Gebieters, prangend im Reiz der Jugend, dich die weichfühlende, edle Frau, und gedenke dann des Zweckes alles dieses Prunkes:

„Um eine arme Christenfamilie von wilden Thieren zerfleischen zu sehen, schmückst du das Haar mit Diadem und Perlenschnüren, und hüllst deinen Leib in kostbare Gewänder. Um der jauchzenden, blutgierigen Menge zu gefallen, ist dein Herz in kaltes Erz verwandelt.

„Ach Herrin, wäre ich Sempronia, die Gattin des Proconsuls, wäre ich so schön, so liebreizend jung und feurig wie du, ich würde mit Lust meines Lebens letzten Tropfen vergeuden, gält' es die Unglücklichen zu retten, die in dumpfen Kerkermauern mit Mördern und Tempel= schändern zusammen eingesperrt, dem Volke von Karthago heute zur gräßlichen Unterhaltung dienen sollen. An die Brust meines Gemahls würde ich mich werfen, mit Bitten und Thränen ihn erweichen, ich würde keinen meiner Reize sparen, sein grausames Herz empfindungs= voll zu stimmen.

„Verzeih Herrin der Dienerin, die hier zu deinen Füßen liegt, die Frage: Was thaten dir und ihm die

armen Christen? Und wenn ihr Gott, für den sie
freudig dem Tode entgegeneilen, unter Allen doch der
größere wäre!?"

„Betsabeth, bist Du von Sinnen? Ich! ich sollte
Fürsprache leisten für diese elenden Christenseelen, die der
alten Götter spotten, die dem Glauben unserer Väter
abtrünnig mit ihren Gaukeleien des Volkes Sinne be=
thören?

„Nicht anders ist mein Blut in Karthagos Mauern
geworden, in mir strömt noch immer das einer Römerin.
Wenn mein Gemahl den Karthagern im Festspiele ein
abschreckendes Beispiel für so große Frevel gibt, ist es
da nicht Pflicht der Gattin, die Hauptbewunderin seines
Zorns zu sein? Die Götter selbst frohlocken über der
Christen Strafe, und Sempronia sollte Mitleid fühlen?

„Gieß mir den Gürtel und die Schließen, Betsabeth,
schon harrt allzulange mein edler Gemahl auf meinen
Morgengruß. Die Sänfte vor ihr Diener! Sempronia
kann beim Feste nicht die Letzte sein."

Das Spiel.

Die Straßen prangen noch im Schmucke von gestern,
es flattern die Binden und die verwelkten Kränze an der
Thüre Pfosten, das Pflaster liegt bedeckt von dürrem,
zertretenem Laub; es zirpen die Cicaden; die Vögel

suchen in dem dunkeln Schatten der Höfe Schutz vor der glühenden Sonne; die Tauben baden sich im Becken der Piscina; unerträglich ist die Hitze.

Da schallt es von den Zinnen der Arena:

„Sie kommen!" und neues Leben durchzuckt den Schwarm der müden Menschen.

Tausendfaches Rufen empfängt den Proconsul, die junge Gattin, sowie sein ganzes Gefolge. Sempronia, ehegestern noch ein unbeachtetes zwölfjähriges Mädchen, nimmt heute den Ehrenplatz unter den Frauen ein. Aller Augen haften auf dem jungen Weibe.

„Wie schön sie ist", so flüstern sie von allen Seiten, denn selbst der Neid verstummt vor solchen Reizen. Die krausen Vorderhaare bedecken fast die ganze Stirn, ein goldener Reif erhöht die Schwärze ihrer Locken, die von zarten Bändern umschlungen nach rückwärts auf den blendend weißen Nacken fallen. Ein mildes Lächeln läßt zwischen leichtgeöffneten Lippen die Perlenzähne blicken. Das Feuer ihrer Augen dämpfen lange schwarze Wimpern; es gleiten durch ihre feinen, kleinen Finger die goldenen Quasten ihres schneeigen Gewandes.

Galerius, in die Kissen eingesunken, träumt. Tief unter seinen Füßen schmachtet Bivia, die er seiner Leidenschaft zu opfern gekommen ist. Neben ihm sitzt sein jüngstes Opfer, sein Weib Sempronia. Jubay kauert vergessen oben auf den Bänken.

Unter seiner Toga Falten drückt er krampfhaft mit der Rechten seine Brust zusammen, die bebend zu zerspringen droht. Sein Blut rollt fieberhaft durch die

Adern, es dreht sich der ganze Circus in wildem Tanze
vor seinen Augen herum; kaum achtet er der Spiele, die
unter dem Schalle der Hörner unten im Sande ihren
Anfang nehmen:

Zuerst die Discus=Werfer mit halb gebogenem Knie
die ehernen, flachen Scheiben nach dem Pfahle werfend;
die nackten Läufer auch, die Ellbogen fest in die Seite
drückend, die Fäuste geballt, durchrennen sie keuchend in
raschem Laufe der Arena Bahn, sich gegenseitig über=
holend und um den Vorsprung kämpfend.

In der Mitte die Luctatores, Ringer. Seht! wie sie
fest umschlungen sich gegenseitig biegen, recken, stoßen,
keiner will dem andern weichen, jeder an Kraft ein Riese,
sucht den Gegner zu werfen und kunstgerecht kampfun=
fähig zu machen.

Die nackten Pancratiastes, die Haut mit Sand ge=
rieben, das Haar zurückgebunden, sich gegenseitig mit
derben Faustschlägen verwundend; Bogenschützen mit dem
spitzen Pfeile nach der Scheibe zielend.

Welche Fülle von Kraft und Behendigkeit entwickelt
sich vor unsern Blicken!

Gladiatoren=Paare, nach Art der Threker bewaffnet
und gegürtet, versuchen ihre Kräfte. Vier gegen vier
stellen sie sich auf, um auf ein gegebenes Zeichen ihre
Eisen an der Gegner Schilden zu erproben.

Die Laquearii endlich, welche mit Schlingen nach
des Feindes Hals werfend ihres Handwerks Meisterschaft
im Würgen zeigen.

Das Volk Karthagos schenkt diesen Spielen keine

große Aufmerksamkeit. Alles ist schon zu oft dagewesen. Wettlauf, Ringen, Kampf und Fechten ist nichts Neues und geschmacklos. Es fließt ja kaum ein Tropfen Blut; drei Leichen liegen erst im Sande.

Die Zuschauer essen Gurken, knacken Nüsse und werfen sich die Schalen zu. Den Flöten= und Trom= petenbläsern geht der Athem aus, ihre trockenen Hälse schnürt die Hitze schier zusammen, und sicherlich wäre Sturm und Toben auf allen Bänken losgebrochen, wenn nicht sechs wilde gallische Stiere in mächtigen Sätzen alsbald in die Schranken stürzten.

Hoch werfen sie im Lauf den Sand auf, ihre Hörner suchen Arbeit. Mit Pfeilen, an welchen bunte Schleifen flattern, von den Succursores verwundet und gestachelt, mit vorgeworfenen rothen Tüchern auf das Aeußerste gereizt, springen sie in Wuth auf die Taurocentä an, welche in kühnen kurzen Wendungen sich dem Stoß der Hörner entziehend, immer wieder ihr gefährliches Spiel beginnen.

Die Menge läßt sich endlich herab, an der Hetze drunten Geschmack zu finden. Man nimmt Partei für die Thiere, die brüllend und mit Schaum bedeckt, bald stille stehen und den Feind erwarten, bald muthig und in langen Sätzen ihn verfolgen, und so ein spannendes Schauspiel bieten. Schon blutet einer der Bestiarii, vom spitzen Horn erfaßt, geworfen und dann zertreten, ein anderer fällt von raschem Stoße an die Mauer ange= bohrt; der Kampf wird hitzig.

Auf des Proconsuls Befehl werden Brode und

frische Würste ausgeworfen. Sie rollen über Köpfe und Bänke, man schlägt sich um ihren Besitz und reißt sie sich aus den Händen. Der Kampfplatz scheint umgewandelt, denn droben fließt — uns dünkt — mehr Blut als drunten. Die flachen harten Brode dienen bald als Wurfgeschosse, und alle Langweil ist geschwunden.

Eine Weiberstimme kreischt von oben plötzlich: „Die Christen zu den Löwen!" Ha! wie das zündet. „Ja, ja!" so ruft schnell der Haufe, „zu was sind wir gekommen, fort mit dem andern, die Christen gebt uns heraus, die Christen!"

Das Schlagwort ist gefallen und findet in allen Theilen des Gebäudes fürchterlichen Anklang und Wiederhall.

Drunten unter der Erde umkreisen die hungerigen wilden Thiere ihres Kerkers Bahn, unaufhaltsam sich wendend, und an den glatten Steinen ihre Flanken streifend. Von Zeit zu Zeit stehen sie still, als horchten sie auf den Lärm von Außen, und wieder dann beginnen sie gähnend und knurrend ihren Kreislauf. Eine schauerlichere Gesellschaft fand wohl nie den Weg zu Karthagos Zwingern.

Da endlich tönen die ehernen Becken, es jauchzt das Volk hoch auf, die Löwen und Panther brüllen, daß die Luft erzittert, das Haar ihrer Mähnen sträubt sich hoch auf, die Augen rollen; die Bären nebenan heulen unruhig, denn die Riegel der Zwinger knarren, und hinaus geht es in mächtigen Sätzen, hinaus zum blutigen Mahle!

Miserere domine!

An Pfähle angeschnürt, in den Händen das kleine hölzerne Kreuz, stehen in des Planes Mitte Vivia, Saturus und Felicitas, die armen Christen, Psalme singend; die Frauen in Netze eingesponnen. Die wilden Bestien, erschreckt und scheu vor dem ungewohnten Schauspiele, suchen, ihre Opfer nicht beachtend, an der Brüstung aufwärts springend und wieder in den Sand zurückfallend, einen Ausweg.

Ein wilder schwarzer Stier, von dem Venator leicht verwundet, springt gegen Vivia an, und sich mit den Hörnern in ihre Gewänder einbohrend, schleift er die Unglückliche mit dem Pfahl, an den sie gebunden ist, durch die Bahn, gefolgt von einem Pantherthiere, das ihm die kostbare Beute streitig macht.

Sie hat bereits geendet. Der erste Stoß des Horns traf ihre Brust, die Bestien lassen ihre ganze Wuth an dem entseelten Körper aus. Saturus blutet in fürchterlicher Umarmung mit einer Bärin, Felicitas allein steht noch unberührt, das schöne Auge himmelwärts gehoben. Es ist als scheueten sich selbst die wilden Thiere, ein so junges unschuldiges Leben zu zerstören. In langen Bögen umkreisen sie den Pfahl, doch ohne anzuspringen. Die blutdürstige Menge, mitleidslos und unersättlich, schreit:

„Haut sie nieder, die kleine Hexe! sie hat ihr Zaubermittel, das Kreuz, in den Händen!" Pudens gibt ihr den Gnadenstoß. Sie sinkt zusammen, der Zauber ist gelöst.

Die versammelten Frauen rüsten sich zum Aufbruch, denn ein Gefühl des Ekels, Abscheus und Schreckens scheint sich in ihnen zu regen. Die kleinen Kinder weinen, schreien und verstecken ihre Köpfe, denn allzu gräßlich ist das ungewohnte Schauspiel.

In den Lüften regen sich plötzlich wunderbare Töne. Ein Schwirren und ein Gebrause, wie heißer Stürme Wehen, wie fernes Waffenklirren.

Es verdunkeln sich der Sonne Strahlen, und Alles blickt erschreckt nach oben.

Da schreien auf einmal von den höchsten Bänken tausend Kehlen:

„Die Heuschrecken kommen!" [18])

und ehe noch der Ruf verklungen, brausen mächtige Schwärme dieser geflügelten Insekten, von heftigem Sturme nordwärts getrieben, über die Mauern hin; sie stürzen zu Millionen an den Wänden der Arena abprallend auf die Menschen nieder; finstere Nacht deckt kurze Zeit den ganzen Raum, und immer mehr noch kommen nach, die Vorläufer zu erdrücken. An den Wänden und Sitzen kriechen sie nach aufwärts, kein Hinderniß beachtend. An die Gewänder der Anwesenden klammern sie sich fest, in die Haarlocken der Frauen wühlen sie sich ein, auf ihrem Weg einen schwarzen, übelriechenden Schleim zurücklassend. Spannenhoch bedecken sie den Boden.

Entsetzt flieht Alles nach den Gängen und in die Bögen, doch vergebens, die Thiere haben sich auch

hier schon eingenistet, und ein schlüpfriger grüner Schlamm
der zertretenen Flügler hemmt der Menschen Schritte.

Galerius sitzt mit seinen Freunden längst daheim
um seine Aufregung feig im Weine zu ertränken. Die
Amphoren leeren sich, und trinkend sucht er seinen Gedanken zu entfliehen; doch immer wieder erneuern sich
drei Bilder vor seiner Seele: Jubay, Vivia und Sempronia.

Sein Wein, so däucht es ihm, schmeckt wie warmes
Blut, die Musik klingt wie Löwengebrüll, und von zwei
Dienern geleitet, flieht er zum Schlafgemach, um die
ganze Welt und sich selbst in ihr, im Schlafe zu vergessen.

Heide und Christin. [19])

Drei Nachtwachen sind bereits vorüber. Auf dem
Ehebette liegt Galerius halb ausgekleidet, sein Arm hängt
schlaff zu Boden, die Brust keucht, denn wilde Träume
fesseln seine Sinne.

Von Zeit zu Zeit den Kopf hinüber werfend, als
suchte er eine festere Lage, fährt erschreckt aus tiefem
Traume plötzlich der Schläfer auf.

„Vivia Perpetua!" so lallt die schwere Zunge,
„was stehst du blutig vor meinem Lager?" Du wiesest

schnöde meine Liebesschwüre zurück, warum bist du nur gekommen, die Nachtruhe mir zu rauben?

Hinweg! Geh hin zu deinen Panthern und Löwen, sie sind bereit, dich mit ihren Tatzen liebend zu umfangen. Laß ab von mir, du gehörst dem finstern Orkus an, meine Götter sind versöhnt."

So stöhnt halb wachend, halb schlafend der Trunkene, und es schließen sich wieder die Lider der Augen, der Kopf sinkt schwer in die Falten des Kissens zurück.

Eine Frauen-Gestalt schleicht durch die Vorhänge des Cubiculums bis zum Lager des Wüstlings. Ihre weiße, zarte Hand legt sie auf seine heiße Stirn.

"Galerius, mein Gemahl, wach auf!" so tönt deren weiche Stimme.

"Wer ruft mich, was gibt's? Ja, ja! die Hetze bricht los, die Löwen springen, die Panther kreisen; laßt die Katzen ihren Tanz beginnen, ich komme schon!"

Sempronia erfaßt des Träumers Hand.

"Galerius mein Freund! fasse dich, sieh' hier deine Gattin!"

"Was willst du Weib von mir, bringst du die Todten wieder? Wo war Sempronia, warum theilte sie nicht des Mahles Freuden?"

Sempronia läßt sich am Fuße des Lagers nieder, und spricht:

"Zerrissene Leiber von Thieren und Menschen, blutige Gewänder lagen umher im Sande der Arena. Noch verwirrt von dem entsetzlichen Schauspiele, verließ ich an der Hand meiner treuen Dienerin die Bänke. In einem der dunkeln Gänge sank ich erschöpft nieder, und schwarz ward es vor meinen Augen.

Als ich erwachte, war Alles leer, nur in meiner Nähe vernahm ich Stimmen und leises Flüstern. Ich sah durch die offene Schranke, wie eine kleine Schaar von Weibern und Kindern beschäftigt war, die noch blu= tigen Ueberreste der gemordeten Christen aufzulesen und in feines Linnen sorgsam zu wickeln, als gält' es Perlen des Orients zu verwahren. Die kostbaren Schätze küssend und dann schnell in der Gewänder Falten bergend, ver= ließ die Schaar den blutgetränkten Plan.

Mich riß es mächtig fort, das sonderbare Schau= spiel zu enträthseln, und durch die engen Gassen folgte ich den seltsamen Wesen. Nach kurzer Wanderung er= reichten wir das Thor der Birsa und das freie Feld. Durch Gestrüppe ging es fort gen Süden, und alsbald sahen wir nach kurzer Wanderung die Felsen vor uns. Eine kleine Höhle, deren Eingang die Aloë=Stauden ganz verdeckten, nahm uns auf. In ihrer Mitte, auf einem Steinblock war ein hölzernes Kreuz aufgerichtet, zahl= reiche Lampen erhellten die Wände; ich befand mich in der Christen Tempel.

Eine kleine fromme Schaar auf Knie und Antlitz hingeworfen, lauschte andächtig dem Gebete des Priesters; die gesammelten Gebeine der Gemordeten wurden sorg= fältig in Urnen und geweihte Gefäße eingelegt, und Alle stimmten in den Lobgesang ihres Gottes ein.

Galerius! Beim Anblick dieser Menschen, die den grausamen Tod ihrer Brüder frohlockend feierten, ja zu beneiden schienen, überfiel ein Gefühl von namenloser Reue und Wehmuth meine Brust; ich sank überwältigt zu Boden, mir war es, als fielen Schuppen von meinen Augen, und gelöste Zweifel durchkreuzten mein Inneres.

Der Gott, der solchen Glauben zeugt, der muß doch wohl der größere sein!

Meiner Gefühle nicht mehr Meister, halb kriechend, halb gehend, näherte ich mich der frommen Schaar. Mit einem Mal löste sich gläubig meine Zunge:

„Nehmt auch mich in euere Mitte auf, so schrie ich laut, denn ich habe von euch gelernt zu lieben und zu verzeihen!“

Ein ehrwürdiger Priester trat auf mich zu und sprach:

„Heidin, hast du auch dein Herz erforscht, zieht nicht Neugierde dich in unsern Bund, oder gar freveln= der Sinn, uns unsern Feinden zu verrathen? Der Gott, der uns hier aneinander fesselt, ist kein Gott von Stein und Erz, er ist der Gott der Liebe, der unsere Herzen stärkt im Kampfe mit den Feinden und mit der Wüste Thieren, er ist der Gott, zu dem wir aufjauchzen in der Stunde der Gefahr!“

Und auf die Kniee sank ich nieder, als der Greis die Hände über mich ausbreitete und sprach: „Willst du, o Weib, in unsere Schaar eintreten, so entsage den heid= nischen Göttern, und bekenne laut den Namen des Er= lösers!“

Auf mein Haupt goß er eine Schale geweihten Wassers:

„Beata sollst fortan du heißen, sei Christin im Na=
men des Gekreuzigten!"

Galerius mein Gemahl! hier stehe ich nun als eine
Neugeborene und Christin, ich beschwöre dich, laß ab
von der grausamen Verfolgung meiner armen Brüder,
oder wirf auch mich in Ketten, auf daß ich ihnen als
Vorbild dienen könne, denn ich habe gelernt zu glauben!"

Der Statthalter richtet sich vom Lager empor:

„Weib, spricht Wahnsinn aus dir, oder Wahrheit?"

„Ich bin eine Christin, Galerius!"

Und wie das Lamm vor dem Anblicke des wilden
Tigers erschreckt zurückfährt, so Sempronia vor dem
Blicke des Proconsuls, denn nach dem Schwerte greift
er, und mit schäumenden Lippen versucht er sich auf sie
zu stürzen, jedoch seine wankenden Füße versagen den
Dienst.

„Galerius, was beginnst du?" so schreit entsetzt das
arme, junge Weib.

„Galerius! fasse dich!" — doch umsonst. — Ge=
worfen schwirrt die Waffe durch die Luft, und getroffen
sinkt Sempronia zu Boden, eine Märtyrin ihres jungen
Glaubens.

Doch beim Anblicke des Blutes wird der Statthalter
endlich nüchtern, seine Haare sträuben sich.

„Sempronia, was that ich dir!" Wach' auf, wach'
auf!" so ruft und stöhnt er, ihr schönes Haupt mit beiden
Händen fassend, und es mit dem Angstruf der Ver=
zweiflung an seine Seite drückend. Seine Gedanken
schwinden ihm.

„Todt, todt!" so schreit er, daß alle Schläfer im Hause erwachen, und von den Furien getrieben, durchraſt er Gänge und Hallen, rennt durch Thor und Straßen fort dem Meeresstrande zu.

Dort, wo der Fels sich jäh hinabstürzt, wo hoch die Brandung aufspritzt, fällt er ohnmächtig auf die Steine nieder.

Da fassen ihn von rückwärts zwei Hände. — Ha! so kamst du endlich," tönt eines Weibes Stimme, „doch zu spät, zu spät!" Der Halbtodte blickt auf:

„Du hier Jubay?"

Der Mond beleuchtet hell der Närrin verstörtes Antlitz.

„Zu spät kamst du, Galerius! Zu spät! In die Wässer des Bagradas warf ich unsern Knaben; sieh, wie er dort unten mit den Fluthen kämpft, rette ihn Galerius, rette ihn, schon sinkt er unter!"

Mit übermenschlicher Gewalt zerrt sie den halbtodten, kraftlosen Proconsul bis zum Abgrund hin.

„Galerius unser Kind, allmächtige Götter!" so ruft sie zum letzten Mal.

Da weicht unter ihren Füßen das morsche Gestein, und mit einem Schrei des Entsetzens stürzen beide, Mann und Weib in die schauerliche Tiefe.

Die Brandung kocht und zischt, es heben sich die Wellen, sie verschlingen ihre Beute, und:

Alles ist vorüber.

Noten.

1) Karthago wurde 145 v. Chr. durch Scipio Aemilianus zerstört, aber es erhob sich nochmals aus seinen Trümmern als Neukarthago von Tiberius Gracchus angelegt, von Julius Cäsar vollendet, und blieb mehrere Jahrhunderte hindurch die Hauptstadt der Provinz und Sitz eines römischen Statthalters.

2) Die Kirche zu Karthago erlitt große Verfolgungen und lieferte berühmte Bekenner des Christenthums im dritten Jahrhundert unter Alexander Severus. Vorzüglich berichtet uns die Geschichte über das Märtyrthum der Vivia Perpetua und ihrer Gefährten Saturus und Felicitas, sämmtlich von vornehmer Geburt, die den Thieren der Arena preisgegeben wurden.

3) Die Gebräuche des Sklavenmarktes haben sich fast unverändert auf unsere Zeit vererbt. Damals wurden besonders Kriegsgefangene als Sklaven verkauft. Man bezahlte für gebildete Sklaven, die des Lesens und Schreibens oder eines Handwerks kundig waren, hohe Summen. Deßhalb wurden Griechen sehr begehrt.

4) Das Ehebett pflegte man gewöhnlich im Atrium neben den Imagines majorum unveränderlich aufzuschlagen. Das Atrium war bekanntlich das schönste und geräumigste Zimmer des Hauses. Die Neuvermählte, indem sie sich dem Lectus genialis näherte, betete zum Genius, daß er sie Kinder gebären lassen möge. Das Bett wurde von älteren Verwandten der Braut am Tage vor der Hochzeit aufgeschlagen und geschmückt.

5) Incunculae oder pupae, Puppen von Elfenbein oder Terracotta, ähnlich den heutigen, fand man in dem Grabe eines Kindes bei Rom, sowie in Sicilien. Sie wurden mit anderem Spielzeug von der Braut am Tage der Hochzeit den Hausgöttern geopfert.

6) Das Haar der Braut wurde in sechs Crines abgetheilt und hierzu die Spitze einer Lanze, Hasta caelibaris gebraucht, die jedoch gekrümmt, recurva war. Durch diese Frisur wurde das Mädchen zum Range des Weibes erhoben. Die sechs Crines sind jedoch nicht Locken, sondern Abtheilungen, zusammengehalten durch Vittae laneae, wollene Bänder.

7) Die Braut trug auf ihrem Haupte eine Corolla, Kranz von Verbenen, welche sie selbst gepflückt hatte, ebenso der Bräutigam und die Gäste.

8) Der Brautschleier, Flameum, umgab das Haupt der Braut, was man nubere oder obnubere nannte. Die Farbe desselben war Color luteus oder sanguineus, rothgelb. Er bestand aus einem oblongen wollenen Tuche, welches das Hinterhaupt vollkommen, theilweise auch Stirn und Wangen verhüllte und auf die Schulter herabfiel, das Gesicht jedoch frei ließ.

Gelb scheint die Lieblingsfarbe bei den Römern und Griechen gewesen zu sein. Hochgelb waren das Diadem, die Schuhe, der Schleier der Braut, ja selbst Matratze und Betttuch, Handtuch, Schämel und das Gewand der Wärterin.

9) Durch die Hochzeit wird das Mädchen zur Frau, und legt somit das Frauengewand, die Toga recta, statt der bisherigen Toga praetexta an. Sie wurde auch Regilla genannt, und durch einen Gürtel von Wolle nach alter Weise geschürzt, der in einen Nodus herculeus gebunden war, um die Braut und junge Frau vor Fascination zu schützen.

10) Die Pronuba, Brautführerin, führt die Braut dem Bräutigame zu, und vereinigt beider Hände, woher in manum convenire stammt.

11) Die Auspicien wurden im väterlichen Hause von den Auspices eingeholt. Am willkommensten diente hierzu der Aegithus, eine Faltenart.

Die Haruspicien geschahen aus den Eingeweiden der Thiere, die dann, wenn sie makellos befunden, zum Opfer dienten. Die Auspicial-Gottheiten sind Ceres, Tellus, Mars picumnus und Pilumnus, endlich Juno pronuba.

12) Erschienen die Auspicien günstig, so erfolgte das Opfer, gewöhnlich ein Schaf, an das sich die Coena, das Mahl anschloß, und die religiöse Weihe vollendete.

13) Mit dem Erscheinen des Abendsternes erfolgte die Domum deductio, die Heimführung der Braut. Sie flüchtete zuvor in den Schooß ihrer Mutter zurück, und sollte so mit Gewalt entführt werden.

Die ihr vorgetragene Fackel mußte aus Weißdorn bestehen, die sonstigen aus Fichtenholz.

14) Die Knaben verlangten vom Bräutigame das Auswerfen von Nüssen, das Preisgeben der Spiele der Jugend bedeutend.

15) Als unheilvolle, ungünstige Zeit zu Hochzeiten wurden angesehen: der ganze Monat Mai und die erste Hälfte Juni wegen der Reinigungsfeste. Hingegen wurde die zweite Hälfte des Juni als sehr günstig erachtet. Ferner wurden vermieden sämmtliche Festtage, besonders die Ferealien, Parentalien, Lemuralien, Kalenden, Nonen und Iden.

16) Wenn die Braut zum Gatten kam, brachte sie drei Asses mit. Den einen in der Hand gab sie dem Manne, den zweiten unter dem Fuße opferte sie auf dem Altare des Hauses, den dritten, den sie in der Tasche führte, opferte sie an dem nächsten Kreuzwege. Dieser letztere diente zugleich, um die jährliche Anzahl der Trauungen numerisch festzustellen, sowie denn auch für jede Geburt und jeden Todesfall die gleiche Sitte herrschte, um die Volkszählung zu erleichtern.

17) Vor dem Hause angelangt, fragt der Bräutigam die Braut, wer sie sei? Sie antwortet in der üblichen Formel: „Ubi tu Gajus, ibi ego Gaja! Wo du der Herr, da bin ich die Frau des Hauses."

18) Die Heuschreckenplage, eine der fürchterlichsten Heimsuchungen, geht vom atlantischen Meere bis Aethiopien, von Arabien bis Indien vom Nil bis Griechenland und Kleinasien. Schwärme

dieſer Inſekten verdunkeln die Sonne, bedecken den Boden im
ſtrengſten Sinne des Wortes wie ein Mantel, zernagen jede
Pflanze, ſogar die Stämme der Bäume und Pfoſten der
Thüren, und ſterben endlich um todt ringsum Peſt und
Krankheiten zu verbreiten.

Auch ſtützen ſich die Häretiker auf ihr Daſein als auf den
ſchlagendſten ihrer Beweiſe, daß es einen böſen Schöpfer
gebe.

19) Die gräßlichen Schauſpiele und Qualen der gemarterten
Chriſten hatten grade die entgegengeſetzte Wirkung von der,
die man beabſichtigte, zur Folge. Aus dem Blute der Ge=
morbeten ſtanden neue Bekenner des jungen Glaubens auf,
und die Saat des Chriſtenthums keimte mit immer größerer
Kraft in dem blutgetränkten Boden.

Die Juden in Rom.

71 n. Chr. G.

Phocas der Hofnarr. — Der Triumphzug. — Das Hohelied — Das Opfer.

Motto: Und sie werden fallen durch
die Schärfe des Schwerdts,
und gefangen geführt werden
unter alle Völker . . . .
Ev.: Math. XXIV.

Phocas der Hofnarr.

Schuldunst weht uns entgegen, es summt hier wie in einem Bienenkorbe. Magister Cerberus, so nennen ihn spottweise die Knaben, sitzt auf hohem Stuhle, hält nachlässig die Ferula[1]), und kämpft mit Müdigkeit und Schlaf, denn die Hitze ist heut drückender als je.

Die kleinen Bürger Roms kratzen emsig in die auf den überschlagenen Knieen liegenden Wachstafeln[2]) mit einem Griffel das aufgegebene Pensum ein, oder streichen die Fehler mit dem entgegengesetzten, angeleckten Ende wieder platt. Ungeduldig schielen sie nach dem strengen Lehrer hinüber — denn die Schulstunde neigt dem Ende zu, das Zeichen zum Aufbruch erwartend.

„Titus Triumphator", haben sie in das Wachs eingekratzt, der Fleiß eines vollen Morgens.

Kaum rührt sich der alte Cerberus, so stürmt die junge Bande zur Thüre, in den Vorhof und auf die Gasse; für acht Tage sagen die Schüler den lästigen Bänken Lebewohl!

Dem Titus, dem Flavius Vespasianus, allen Göttern, den Juden selbst bringen sie ein Hoch aus; acht freie Tage auf der Gasse und im Theater; Triumphzug, Hinrichtungen, Judenhetze, Kämpfe und Mahlzeiten, welch wonnevolles Programm für die zarte Jugend.

Glückliches Zusammentreffen. Auf der Gassenseite drüben drückt sich Phocas, des Titus Hofnarr, auf seinem Rücken einen dicken rothen Bündel tragend, vorbei. Er hinkt auf einem Beine, denn ihn traf im vergangenen Jahre der schwere Stein einer Ballista³), von Feindeshand geschleudert; sein Körper deckte den des Titus und rettete diesem das Leben.

Titus nahm sich dankbar des schwer verletzten Juden an, und sandte ihn nach seiner Heilung nach Rom, wo er seither das Amt eines Hausprokurators, Späßemachers, und Vertrauten in den Frauengemächern bei Hof ausübt. Das halbe Rom kennt ihn.

Schnell haben die muthwilligen Schüler ihn entdeckt und umzingelt.

„Halt Phocas, halt," so rufen sie, „wir laufen einen Weg." Der unglückliche Mann hinkt von einer Seite der Straße zur andern, und wehrt sich, mit dem Bündel einen Kreisel schlagend, seiner Verfolger. Durch Straßen und über Brücken geht die lustige Jagd. Die Meute wächst immer mehr an, Phocas keucht und schwitzt und kann nicht mehr. Schnell entschlossen erklettert er den Sockel der Statue einer Diana, und sich mit dem linken Arme an deren marmorene Wade anklammernd, übersieht er von seinem hohen Standpunkte aus das Heer seiner Peiniger, die höhnend und pfeifend ihn umstehen.

„Er muß uns was zum Besten geben!" schreien sie im Chor, „laßt ihn nicht los. Ja, ja! Gesichter soll er schneiden, damit wir zu lachen haben.

„Beim Cerberus, Freund Phocas, laß Deine Künste sehen!"

Der Narr besinnt sich nicht lange, grinzt und blinzelt mit den Augen, bläst die Backen auf, steckt seine zehn Finger in Mund und Nase, streckt lang die Zunge, und rollt die Augen.

Das junge Volk will sich zu Tode lachen. Und dann mit ernster Miene verächtlich wegblickend, verwandelt sich urplötzlich sein Gesicht. Die Knaben klatschen mit den Händen und schreien:

„Seht, seht! den Vespasian, beim Jupiter! zum Sprechen ähnlich."

Schnell auch ein Tuch über seinen Schädel breitend, den Mund zum Kuße spitzend, und mit verliebten Augen schielend, entzieht er der lieben Jugend unter einen Schrei der Bewunderung: „Eheu! Domitia⁴), ganz aus dem Leben," so rufen sie, und stampfen mit den Füßen.

Ein Regen fällt plötzlich in schweren, großen Tropfen, und zerstreut wie Spreu das junge Publikum.

Phocas rutscht schnell von seiner Bühne herab, ergreift den rothen Bündel wieder und eilt dem Walkergraben zu.

Bald ist sein Ziel, das enge Gäßchen der Fullonen⁵) mit dem Bache von weißlich blauem Wasser in der Mitte,

erreicht, und schnell tritt der Narr in eines der Ge=
bäude ein.

Im Impluvium der Fauftula wirft er seinen rothen
Bündel ab, zerlegt den Knoten, und zählt der Wallers=
Frau die mitgebrachte kaiserliche, schmutzige Wäsche vor,
die jene der Stückzahl nach auf der feuchten Wand
anmerkt:

„Vierzehn einfache Tuniken [6]),
Fünf Stolä [7]) mit Purpurrändern,
Acht dergleichen meergrüne Cumatiles,
Vier gestickte Plumatiles [8]),
Drei goldverbrämte Patagiatä [9]),
Sieben leinene Indusia [10]),
Zwei Schnürbinden, Fasciä [11]),
Endlich noch sechszig Ellen Borden Paragaudä [12])."

„So Fauftula! bis morgen, vor Sonnen=Aufgang
komme ich die Gewänder wieder holen. Besorge sie
bestens, denn Marcia, meine hohe Gebieterin, sitzt beim
Triumphzug ihres Gemahls ganz vorn auf dem Podium
am Triumphthore, und will glänzen. Noch eins merke
dir: Nimm kein Nitrum mehr zur Wäsche, die hohe Her=
rin hat eine feine Nase, sondern lieber gallische Seife [13])
mit Zusatz von Narden, und für diesmal laß auch
das Schwefeln sein, man riecht die Dämpfe noch lange
nach." —

Fauftula nickt zustimmend mit dem Kopfe, während
sie die Borden mit dem Scalprum [14]) abtrennt; die Ge=
wänder vertheilt sie dann in die großen Kübel, übergießt
sie mit der schaumigen Brühe, worauf die Walker die=

selben mit den Füßen verarbeiten. Später werden sie auf den Gitterkörben getrocknet, mit der Distel aufgekratzt, und unter der großen Schraubenpresse geglättet.

Phocas hat von den Walkern Abschied genommen, und eilt nun in den Vicus tuscus, zu den Seidenwebern hinüber.

In der Textrina rasseln die Weberschiffchen; es klopfen die Schlagbäume, und kreuzen sich die bunten Fäden.

Die Webermädchen singen zu ihrer Arbeit, die sie stehend [15]) vollbringen. Viel ist noch für den kommenden Festtag zu vollenden; schon seit Wochen weben sie Tag und Nacht an den Bestellungen, die dem Meister von allen Seiten wurden.

Phocas wünscht für seine hohe Herrin goldgewirkte, mit Seide untermischte Borden zur morgigen Toilette einzukaufen. Der Webermeister greift in seine Theka, langt die schönsten Muster hervor, und läßt sie in der Sonne spiegeln. Phocas prüft mit Kennermiene, dreht sie in seinen Händen, feilscht um den Preis nach ächter Judenart und wählt dann eine Sorte mit babylonischer Zeichnung. Der Meister stäubt und wischt die Schnellwage sorgfältig ab, und wägt dem Käufer das Seine vor.

Es feiern unterdessen die Webermädchen und hören neugierig den Stadtklatsch an, den der Hofnarr ihnen freigebig auskramt: Ueber Titus und die gefangenen Juden mit ihren schönen Weibern, von Domitians letztem Abenteuer mit der Sängerin Calybra, die ihm, von

Eiferſucht geplagt, mit Nadeln das Geſicht zerkratzte, damit keine Nebenbuhlerin mehr Gefallen an ihm fände; von den Vorbereitungen zur Hinrichtung des jüdiſchen Prieſters Simon, dann von der hübſchen Lyſica, die ſich auf der Bühne den Tod gab, um deſto natürlicher die Sterbende zu ſpielen, und von dem neuen Kopfputze, den man bei Hof erfunden, und wie viele goldene Kränze für Titus beſtellt wurden, und was die falſchen Haare der Domitia gekoſtet haben ſollen, und warum der Mime Paris aus Rom ausgewieſen wurde!

In einer Ecke der Weberei ſteht ein Webſtuhl ein= ſam und verlaſſen. Die Kette iſt geriſſen, der Webebaum erſchlafft, Staub bedeckt das Joch. Ein Stück Zeug hängt, traurig anzuſehen, noch an den verworrenen Fäden, das Schiffchen liegt am Boden.

„Sagt an, was für eine Bewandtniß hat es mit dem Stuhle?“

„Die arme Thea webte einſt auf ihm ihr Braut= kleid, das ſie mit ihren Thränen netzte, wenn ſie an den fernen Geliebten dachte, der in den Krieg gezogen war. Er ging und kam nicht wieder, ein feindlicher Speer durchrannte ſeine tapfere Bruſt.“

Seither iſt Thea verſchwunden und vergeſſen, ihr Platz iſt leer. In den verwirrten Fäden rauſcht all= abendlich ihr Klagelied. Thea kehrt nicht zu dem be= ſtaubten Stuhle zurück. Die Fäden ihres Herzens ſprangen wie die Seide, und der Tiberfluß nahm ihre Leiche mit hinab zum ſturmbewegten Meere.

Der Triumphzug. [16])

Einst sah ich im Traume das brausende, vom Sturm gepeitschte Meer, hörte den Lärm der wogenden Schlacht, den Anprall der kämpfenden Schiffe, das Klirren von tausend Waffen, den Hörnerklang und Jubel der Sieger, das Wuthgeschrei der Besiegten.

Der Traum war ein getreues Bild des trunkenen, vom Sturm der Leidenschaften und der Eigenliebe aufgewühlten, seines Titus harrenden Roms.

Seit Tagen schon wogt das Landvolk aus Nah und Fern zu den Thoren der Stadt ein. Wagen, Pferde und Sänften bringen Fremde aus allen Gauen des römischen Reichs zusammen; die Schenken und Einkehrhäuser wimmeln von Menschen aus dem Norden und dem Süden; ganze Familien lagern in Höfen und auf Plätzen, um Brunnen, und im Schatten der Mauern, ihre mitgebrachten Lebensmittel verzehrend, oder feilgebotene kaufend.

Die Popinen und Garküchen senden ihre Wohlgerüche auf die Straße, und reizen nebenbei durch Ausrufer die hungerigen und durstigen Wanderer zur Einkehr.

Wägen mit Eseln und Maulthieren bespannt, ziehen langsam vorüber, beladen mit Obst, saftigen Melonen, Lauch, Salat und Zwiebeln. Die Weinverkäufer mit dem Culeus, der strotzenden Schweinshaut auf dem Clabulare, ihrem Gitterkarren, finden großen Zuspruch;

kühlende Getränke, Meth und Honig schlürfen Frauen und Kinder.

Weder Staub noch Hitze, die heute unerträglich sind, entmuthigen die Schaulustigen, die gleich den Flüssen die zum Meere fließen, dem Forum und der Via sacra zueilen. Nichts hält den entfesselten Strom der Menschen in seinem Laufe auf.

Früh schon haben die vornehmen Frauen mit ihren Töchtern auf dem reich behängten Podium Sitz genommen. Calamistrum[17], Oele, Salben und Schminke thaten ihre Wunder. Die mit Goldstaub leicht behauchten eigenen und geborgten Locken, Flechten und Zöpfe hängen um Haupt und Nacken; Galeri, Annuli[18]) und hoch aufgebauschte Tutuli[19]) sind von Bändern, Reifen und Nadeln gehalten; Perlschnüre, Myrthen und damaskische Rosen zieren das üppige Haar; Gehänge, Spangen und Ringe, drei- bis vierfach auf die blendend weißen Gewänder aufgenähte Gold- und Seidenborden bieten eine überraschende Augenweide.

Wer nennt sie alle die schönen Damen, die Schaulust hier zusammenführte?

„Carinna's schöne Töchter, Perlen in dem großen Kranze, die des Lama und Coriola; des Mucianus edle Frauen, die Tertulla's, mit dem Kaiserhause blutsverwandt, und weiter die Domitia's und Flaviola's, aus Flavius hohem Geschlechte, die Aërola's und Domitilla's von altem Stamme, die Phyli's und Cornelia's, Senecio's holde Kinder, Silvas und Cerealis hochgeehrte Frauen.

Fächer und Schirme wehen, von ihren schönen
Händen sanft gewiegt; der Duft köstlicher Essenzen um=
schwebt diesen vom schützenden Zeltdache überschatteten
Lilien=Garten zarter Frauen und Mädchen.

Neidisch blicken die weniger Begünstigten nach ihnen
hinauf, und nicht fehlt es an Hohn und lautem Spott,
an Witz und Wahrheit, die ihnen die Gasse freigebig
spendet.

Die Bänke der Ritter und Edlen gegenüber füllen
sich; nichts gleicht der Pracht ihrer Gewänder und
Umgebung.

Immer mehr bevölkern sich die Straßen, immer
dichter wird das Gedränge. Flammende Dreifüße zwi=
schen den Säulen der Tempel und Hallen, Trophäen
hoch aufgebaut mit blitzenden Waffen, Rüstzeug und
Schilden, wehende Wimpel, Schleifen und Kränze an
Thüren und Thoren, rosenbestreutes Pflaster, verleihen
der Stadt festliches Ansehen, Weihe und Würde.

Widerstandslos trägt uns die wogende Menge nach
unten zum Triumphthore. Marcia[20]), des Titus Gemah=
lin, hat, umgeben von ihrer Familie und dem Hofgesinde,
unter brausendem Jubelgeschrei ihr Pulvinar betreten.
Zu ihren Füßen kauert Phocas der Hofnarr, das Feuer
des Beckens nährend und unterhaltend[21]). Hoch hebt sich
ihre Brust beim Anblick des befriedigten Volkes.

Schon haben die Senatoren und Stadtältesten in
purpurgeränderter Toga, den Lorbeer in der Rechten,
die Halle der Octavia erstiegen und die Elfenbeinsessel
eingenommen, ein Bild der Größe und Würde.

Ehrfurchtsvoll gafft sie das von den Liktoren im Zaume gehaltene Volk an. Die Mütter zeigen den hoch= gehobenen Kindern ihren Asilius Mucianus, den Stadt= ältesten, den Mutius Rufus und Julius Agricola, den weißbärtigen Valerius Flaccus, nebst Lucius Maximus. Und rechts den alten Asilius Lama, Junius Rusticus, Helvidius Priscus, neben Mauricus Senecio und Julianus Carinna.

Schon ordnen sich des Zuges Spitzen, es bildet die Menge eine freie Gasse; der erste Stoß der Tubicenen auf ihren gewundenen Hörnern wirkt zündend wie Jupiters schnelle Blitze, es heben sich hoch die tausend Köpfe, es jubelt Rom. Wägen, von den Rossebändigern geführt, unter der Last der aufgebürdeten Beute ächzend, und Fercula von Männern getragen, sperren bald die Straße und eröffnen den großen Zug.

Der Reichthum und die Arbeit ganzer Länder, Pro= vinzen und Städte, während Jahrhunderten aufbewahrt und aufgestapelt, sind dem Raub verfallen und werden heute den Römern vorgeführt:

Teppiche aus Syrien und Babylon, Gewebe aus Seide, Leinwand und Wolle in den prächtigsten Farben hängen verschwenderisch über die Wände der Wägen und über die Räder hinab, und schleifen auf dem Pflaster. Sindon, Leinwand aus Indien und Aegypten, zottige Gausape, Molochina, Amphimallum, dann Gewänder aus Gold und Seide in eigenthümlichen Zeichnungen ge= stickt und mit Steinen verbrämt, liegen auf Tragbahren unter und übereinander, bedeckt mit kostbaren Waffen, funkelnden Rüstungen und blitzenden Schilden.

Wie Früchte an den überladenen Aesten, so hängen Kronen, Gefäße und Geschmeide an den sich biegenden Stangen der Standartenträger, die goldenen Bäumen gleich sehen.

Und weiter die reich gekleideten Jünglinge, welche in ihren gekreuzten Armen Becken, Schalen und Krüge, den Tempeln und Hallen entführt, halten, dann die kost= bar gezäumten Maulthiere, bepackt mit Körben von gemünztem und ungemünztem Golde. Ketten und Spangen, den Frauen geraubt; Kelche und Opferschalen den heiligen Stätten entführt, Statuen in vergoldetem Erz, Kunstgebilde und Schöpfungen eines ganzen Volkes ziehen an unserm fast ermüdeten Auge vorüber. Nichts blieb den Nachkommen Israels, nichts als das Weh und zerstörte Gefilde; geschändete Tempel und geplün= derte Städte.

Die Titulusträger mit den ehernen Tafeln, mit Namen und Stückzahl der Beute beschrieben, folgen den Bahren und Karren.

Es brüllen die weißen Opferstiere und schütteln die herabhängenden Infuln ihres Hauptes. Den Rücken mit den buntfarbigen Dorsalien geschmückt, schreiten sie mächtig einher, geführt von den Priestern und ihren Camillis, den Opferknaben. Vor dem Pontifex Maxi= mus [22]) mit dem Löffel, Beil und Wedel, verneigt sich die Menge ehrerbietig, zollt auch den Götterbildern auf ihren Wägen und Bahren, die in langer Reihe dahinziehen,

die schuldige Achtung und Verehrung, huldigt dem reich=
geschmückten Kriegsgotte Mars, dessen Tensa mit Tro=
phäen überladen bei jedem Schritte der Pferde tönt,
klirrt und wackelt. Doch gelangweilt sehnt sich der
Römer nach andern Schaustücken, der Olymp mit seiner
Alltäglichkeit ermüdet und reizet zum Gähnen.

Die Massen drängen nach unten; hört ihr das ferne
Lärmen und Brausen wie Sturmesgetöse, wie rollende
Donner?

Das sind keine Freudentöne, nein, beim Jupiter,
das ist Wuthgebrülle und Hohn.

Blaset hoch auf ihr Hörner und Trompeten, tönet
ihr Flöten und Pfeifen, denn Israel naht in Ketten und
Banden. Es klirren die Eisen, es rasseln die Fesseln
der gefangenen Söhne und Töchter Zions.

Entfallen sind ihre Kronen, weh' ihnen, daß sie
gesündigt!

Ein Maulthier trägt den jüdischen Hohen Priester
Simon=Bar=Gioras; das Collare, ein Halsband an
der Kette, umschließt seinen Hals. Die Eisen schlagen
links und rechts des Thieres Flanken. Seinem Schicksal
zieht er entgegen, die Fäuste geballt, den Römern fluchend.
Und hinter ihm Johannes von Gischala, einst sein Mit=
kämpfer und Gegner zugleich. Sie eröffnen, von der
Menge verhöhnt, verwünscht und verfolgt den trau=
rigen Zug.

Ardalas, der Idumenäer; Phineas, des Tempels
Schatzmeister, der Verräther, Jakobos Bar=Sosas der
Zelote, Jesu=Bar=Thebutis der Bärtige, weiter Ananas

und Eleazar aus Bethezob nebst Ephraim, Jonathan und
Alexas, ihren tapferen Söhnen, und hinter ihnen Ma=
lachias Judas, Mertons Sohn, an Simon = Bar = Ari
angekettet; Ananias und Tephtaios aus Garsis, dann
Nabataios Chazeiras der Starke, dreifach gebunden, als
fürchteten die Römer jetzt noch seines Armes Wucht,
Zacharias=Bar=Kain von Berytos, ein unbärtiger Knabe
noch und schon ein Held, Simon = Kathla und Simon=
Bararinos, von Tausenden die Tapfersten und Auser=
wählten, auch Jzates beide Söhne, aus königlichem
Stamme, die kämpfend, blutend unterlagen. Und weiter
siebenhundert der edelsten Sprossen des geknechteten
Volkes, Israels letzte Jugend, die man heute hier zu
Grabe führt.

Die Zuschauer, beim Anblick der gefesselten Schaar,
die traurig, an Leib und Geist gebrochen, unter dem
Schalle der Hörner ihren Einzug hält, um des Siegers
Triumph zu erhöhen und seinen Ruhm zu mehren, toben
und brüllen, ballen die ausgestreckten Hände und drängen
sich in die Nähe der Unglücklichen. Die Frauen, er=
finderisch in Worten der Beschimpfung, wälzen sich in
dicken Haufen den Juden nach.

Und immer mehr folgen noch, schauerlich anzusehen.
Wohin ihr blicken mögt, kein Zug des Mitleids und
Erbarmens, nur das Gefühl der Rache und der Schaden=
freude bricht sich bei dem trunkenen Römer=Volke
Bahn.

Und um das Maaß des Elends, das schier zu
springen droht, noch bis zum Ueberfließen anzufüllen,

folgen nun ihren Männern, Vätern, Brüdern die Schaar der jüdischen Weiber, die Töchter Zions geknebelt und gebunden; Mädchen, kaum der Kindheit entwachsen, in schwarzen Trauergewändern, schweben über das Rosen= pflaster, das ihre Thränen aufsaugt. Die Hitze, die Müdigkeit und all' das Weh, machen ganze Reihen niedersinken, doch Stöße, Streiche und harte Worte bringen sie bald wieder zur Besinnung, und weiter schleppen sie ihre Fesseln und ihr Unglück.

Die schönen, vornehmen Römerinnen auf den Tri= bünen oben, tändeln mit ihren Fächern, spielen mit den Perlenschnüren, und lächeln mild. Sie naschen Süßig= keiten und athmen feine Gerüche aus Crystall= und Goldfiolen, während Juda's Frauen unten ihnen das langersehnte Schauspiel bieten.

Und wiederum ein neuer Chor von Flötenspielern, der mächtige Tragbahren umgibt. Doch die Römer haben keine Augen mehr für die kostbaren Tempelschätze, für den goldenen Tisch der Schaubrode, den siebenar= migen Leuchter, die ehernen Gesetztafeln und Purpur= vorhänge des Allerheiligsten, denn schon haben die un= mittelbar dem Triumphwagen voranziehenden Träger der Stangen mit den elfenbeinernen Viktorien die Porta triumphalis überschritten, schon wiehern die feuerigen Pferde des Wagens und entziehen sich bäumend der Faust ihrer Führer, Kränze durchschwirren die Luft, und unermeßlicher Jubel bricht sich Bahn; der Held des Tages naht in seinem elfenbeinernen Becherwagen, ge= schmückt mit dem goldenen Lorbeer und der Purpurtoga.

Heil Titus dem Triumphator, dem Sieger, dem Vater des Vaterlandes, Heil ihm, Heil!

Ganze Gerüste und Tribünen brechen unter den Füßen des tobenden Volkes zusammen, zertretene Kinder, zu Boden geworfene Frauen, umgestürzte Dreifüße, nichts hält die dem Wagen des Triumphators Zuströmenden auf. Es stockt der ganze Zug, denn die kompakte Menge, von rückwärts durch Nachzügler gedrängt, kann sich kaum entwirren. Titus ist blaß und bewegt; die Zurufe der Menge erwiedert er mit dankbarem Blicke.

Flavius Vespasianus der Vater, sowie Titus Domitianus der Wüstling, sein Bruder, begleiten zu Pferde den Wagen des Siegers.

Den Tumult benutzend, hat Domitian des Triumphators Seite verlassen, und sich mit dem Pferde durch die Menschen rücksichtslos Bahn brechend, erreicht er bald die Schaar der vorangeeilten Gefangenen; seine Augen, von wilder, ungezähmter Leidenschaft glühend, suchen in den Reihen der gefesselten Jüdinnen.

Jezabel, des Johannes von Gischala schöne Tochter hat es ihm angethan, und seine Begierden zu auflodernder Flamme angefacht. Bald hat er sein neues Opfer entdeckt; schon streift das Pferd ihre Gewänder. Jezabel erzittert und fährt entsetzt beim Anblick des rohen Wüstlings zurück, der sie mit dem Blicke durchbohrt. Schnell ihren Kopf mit dem schwarzen Schleier ganz verhüllend, entzieht sie sich seiner verpestenden Nähe.

Domitian wechselt einige kurze Worte mit der Wache, und sein bäumendes Pferd bricht von Neuem durch die

Zuschauer, die verletzt und zu Boden gerannt dem frechen Sohne des Cäsar, Verwünschungen und Flüche nachsenden. Wohl Niemand vernahm die Worte Domitians, die er, zur Wache sich neigend, gesprochen, Niemand gewahrte das Beben der Jüdin beim Nahen des Reiters?

Von seinem Podium, auf dem er bis jetzt sorglos gekauert, rutscht Phocas, der Hofnarr, behende herab; denn seine scharf beobachtenden Blicke hafteten auf Domitian, und schnell dessen Absichten errathend, schlüpft er durch die Lücken der Zuschauer, drängt sich in die Nähe Jezabels und in der Sprache seines Volkes dem Weibe die Worte zuflüsternd:

„Der Gott Israels wacht!"
verschwindet er schnell in einer der Nebengassen, während der Triumphzug unter dem Klange der schmetternden Hörner in den Circus maximus einbiegt.

Phocas eilt den Caelius hinauf, dann durch Gassen und Thor dem Gebirge zu; ein nicht enden wollendes dumpfes Geschrei tönt plötzlich aus der oberen Stadt ihm nach. Er zuckt zusammen.

„Wem gilt das ferne Schreien, was bewegt Phocas so heftig?"

„Simon-Bar-Gioras ist — gerichtet."

———

Das Hohelied.

Das elfenbeinerne Plectrum und das Barbiton[23]), die Leyer auf der sie spielte, legt die schöne Buhlerin zur Seite. Vom Biclinium, dem zweisitzigen Stuhle, erhebt sich Domitian trunken und übersättigt, schleudert Becher und Würfel in die Ecke des duftenden Gemaches, und eilt hinaus ins Freie, geleitet von dem Knaben mit der Fackel, der ihn am Thore der Villa[24]) erwartete.

Thalwärts die Schritte wendend, erreichen beide Wanderer bald den Tiber, das flache Boot trägt sie an das jenseitige Ufer hinüber. Nacht deckt Palatin, Aventin und Forum, Rom hat sich beruhigt. Durch kleine stille Gassen führt der stadtkundige Sklave seinen hohen Herrn hinauf zum Tullianum[25]), dem Staats-Gefängnisse, welches sich rückwärts an den großen Aquädukt anlehnt; einige flüchtige Worte wechselt er mit der Wache und ungehindert treten Herr und Diener ein.

Nicht zu schlummern vermag Jezabel, die schöne Tochter des jüdischen Hohenpriesters Johannes von Gischala, der Schrecken und das Weh des vergangenen Tages, die drückende Hitze, die dumpfe Kerkerluft verbannen Schlaf und Ruhe.

Geängstigt und besorgt kauert sie am harten Pfühle ihres Vaters, der unruhig und in Fieberträumen redend, Bilder vergangener Tage weckt:

„Wie ist verdunkelt das Gold, verändert die schönste Farbe. Zerstreut liegen die Steine des Heiligthums an allen Straßenecken.

„Zions Söhne, die berühmten, mit dem feinsten Gold bekleidet, wie sind sie irdenen Gefäßen gleich geachtet, von des Töpfers Hand.

„Der Herr hat vollbracht seinen Grimm, ausgeschüttet seinen Unwillen und Zorn, angezündet Feuer in Zion, das ihre Grundvesten zerstörte!"

Also spricht Johannes von Gischala träumend, während Jezabel auf ihr Antlitz hingesunken, des Kerkers Pflaster mit Thränen badet.

Fackelschein erleuchtet plötzlich das Gewölbe, Jezabel blickt auf, ein Schrei des Entsetzens entfährt ihrem Munde, denn vor ihr steht Domitian.

Mit beiden Händen den Wüstling abwehrend, flüchtet sie hinter das Lager des besinnungslosen Vaters. Domitian taumelt ihr nach, um sich auf das unglückliche Opfer zu stürzen, da tönen an sein Ohr die heiligen Gesänge der eingesperrten Juden, die zum Tode sich vorbereitend das Hohelied anstimmen:

„Ich beschwöre euch, ihr Töchter Jerusalems, bei den Rehen und Hirschen der Fluren, wecket nicht, wecket nicht auf die Geliebte, bis daß sie selbst will.

„Wer ist die so aus der Wüste heraufsteigt, wie eine Rauchsäule von Specereien aus Myrrhen und Weihrauch und allerlei Gewürz des Salbenhändlers?

„Siehe, um das Bettlein Salomons stehen sechszig Starke von den Stärksten Israels.

„Alle haben Schwerter, und sind der Kriege sehr kundig; ein Jeder hat das Schwert an seiner Hüfte, um der nächtlichen Schrecknisse willen.

„Eine Sänfte machte sich der König Salomon aus Holz vom Libanon.

„Ihre Säulen machte er von Silber, die Lehne von Gold, den Antritt von Purpur; das Innere belegte er mit Liebe, um der Töchter Jerusalems willen.

„Gehet heraus, ihr Töchter Zions, und schauet den König Salomon mit der Krone, womit ihn seine Mutter gekrönet am Tage seiner Vermählung, und am Tage der Freude seines Herzens."

Es verstummen die hehren Gesänge wieder. Domitian steht gelähmt, sich an die Säule stützend, die das rauhe Gewölbe trägt, der Zauber der Töne hat ihn geschlagen und seine Sinne verwirrt. Er rafft sich auf, und wie ein scheues Wild flieht er vor der Jüdin, die mit hocherhobenen Händen und starrem Blicke den Sohn des Cäsar bannte. Hinaus stürzt er, sich das Gesicht verhüllend und den Göttern fluchend, da eben der Gesang von Neuem die Kerker erfüllt. Doch wiederkommen wird er, wenn der nächste Tag gesunken, so drohte seine lästernde Zunge.

Jezabel knickt zusammen und erfaßt die Hand des greisen Vaters, der zur Besinnung wiederkehrend, beim matten Schein der Lampe sich von seinem Lager erhebt.

„Was fehlt dir meine Tochter, deine Hände sind kalt und zittern?"

„Domitian war hier, während du schliefest, Vater. Nicht vermag mein Mund dir zu entdecken, was Schändliches er zu thun versuchte. Doch unseres Volkes ge-

heiligtes Lied schlug ihn in Banden, bevor neue Schmach
Zions Tochter erreichte. In nächster Nacht wird er
wiederkommen, doch dein Kind wird den jungen Tag
nicht überleben. Sorge für dein unglückliches Volk, mein
Vater, deine Tochter rettest du nicht mehr", so spricht
Jezabel, und Thränen der Wuth und Scham entperlen
ihrem Auge.

Der alte Jude bedeckt sein Gesicht mit den mageren
Händen und zerrauft Haare und Bart.

„Ist denn noch nicht genug der Schmach und
Schande auf meinem weißen Haupte aufgethürmt? So
brecht denn zusammen, ihr Gewölbe und Mauern, be=
deckt mich mit eurem Staub und euren Steinen, auf daß
meine Augen erblinden und mein Leib verdorre", so ruft
er, mit den Nägeln seiner Finger des Kerkers Wände
zerkratzend.

Zu seinen Füßen rollen plötzlich Steine und Mörtel=
stücke, ein kalter feuchter Hauch weht ihm entgegen, und
aus der Lücke der gebrochenen Mauer steigt ein krüppel=
haftes Wesen, Phocas der Hofnarr. Seine Gewänder
triefen vom Wasser des Aquädukts, der ihm den Weg
zu Johannes Kerker bahnte.

Die Gefangenen weichen zurück, bebend und er=
schrocken, doch Phocas, sie beruhigend, spricht:

„Der Gott Israels wacht, er hörte euer Klage=
geschrei und sandte seinen Boten zu eurer Rettung aus
Kerker und Noth.

„Johannes von Gischala, ich bin Phocas von Cäsarea,
eueres Volkes einer, und gekommen, dir zu dienen. So

wiſſe denn, deiner harret der ſchmachvolle Tod im Sande
der Arena. Baals feile Knechte um dieſes Schauſpiel
zu betrügen, nahm ich den Weg hierher. Cäſars Scher=
gen werden kommen, ſobald der Morgen graut, fort,
fort! Folget mir zur Freiheit, noch iſt es Zeit.“

Nach der Maueröffnung wendet ſich der Hofnarr
wieder, die beiden Gefangenen mit ſich ziehend. Doch
Jezabel vertritt ihm den Weg.

„Beim allmächtigen Gotte, Phocas, rette vorerſt den
alten Vater, ich bleibe zurück, um die Wachen zu täu=
ſchen. Mich ſchwaches Weib werden die grauſamen
Römer doch verſchonen, wo nicht, wird mein Leben
ſchwinden, bevor der Tag ſich neigt. Nur ſchwöre mir
Phocas, meine letzte Bitte zu erfüllen:

„Kein Glied meines Körpers, todt oder lebend, ſoll
dem feigen Domitian zum Opfer werden!“

Phocas entzündet von Neuem den Docht der kleinen
Lampe, die er mit ſich führte, und ſchnell verſchwinden
Narr und Prieſter in der Maueröffnung.

Der Specus des Aquädukts, ein kleiner, niedriger
Kanal, nimmt Beide auf. Gebückten Körpers ſchreiten
ſie, bis an die Kniee in dem rieſelnden Waſſer watend,
vorwärts.

Fallende Tropfen durchnäſſen ihre Kleider, und vor=
ſichtig hält Phocas die flache Hand über die Flamme
ſeiner Lampe, damit ſie nicht erlöſche. Durch des Ge=
wölbes Luftlöcher hören die Wanderer deutlich das
Summen des erwachenden Roms, und mühſam erreichen

sie der Bögen Ende, eben als der erste Strahl des neuen Tages die Siebenhügelstadt erhellet.

Johannes von Gischala athmet auf, und murmelt, sich zu Boden werfend, Gebete zum Gotte seiner Väter; seine Schritte tragen ihn ostwärts, während Phocas in der Wölbung des Aquädukts verschwindet.

Zum dritten Male nimmt der Narr den schauerlichen Weg und langt in Jezabels Kerker an; doch das Gewölbe ist leer. Mit den andern Juden wurde sie unterdessen nach den Räumen des Vespasianischen Theaters abgeführt. Phocas fällt den Soldaten in die Hände, die nach dem alten Priester suchend eben den Hinkenden in dem leeren Raume entdecken. Gebunden führen sie ihn ab, und wehrlos schreitet er in ihrer Mitte nun dem Forum zu. Es beten leise seine Lippen:

„Jehovah sei mir Armen gnädig!"

Das Opfer.

„Was soll der Lärm in der Vorhalle und auf dem Platze?"

„Einen Menschen bringen sie, großer Titus, gefesselt und gebunden, der auf frischer That ertappt wurde, wie er einen der jüdischen Priester aus der Gefangenschaft zur Freiheit führte. Der Jude ist entflohen, das Volk wartet draußen auf des Verräthers wohlverdiente Strafe.“

„Führt ihn zu mir herein!“

Phocas, von den Schergen des Gerichts geleitet, tritt ein.

„Gesteht der Narr sein Verbrechen?“

„Ja Titus!“

„Nun denn zum Tode mit ihm!“

Es sinkt der arme Narr zu Titus Füßen, die er fest umklammert, und spricht:

„Muß denn ein Jude einen Cäsar an Großmuth übertreffen? Im Lager zu Berytos lag damals Titus krank und elend; eine Provinz versprach er dem, der ihm Gesundheit wiederbrächte. So höre denn Titus: der Mann, der mir den Trank bereitete, womit ich dein Leben erhielt, war Johannes von Gischala, den heute früh ich zur Freiheit führte. Und nun lege ich dir meinen Kopf zu Füßen.“

„Phocas, für diesmal sei dir das Leben geschenkt, doch flüchte, denn vor der Wuth des Volkes kann selbst meine Macht dich nicht mehr schützen.“

Der Narr erhebt bittend die Hände.

„Nun, was willst du noch?“

„Titus, sieh’ her, mein verkrüppeltes Bein. Des Juden Tochter schmachtet mit den Andern im Gefäng= niß. Gieb sie frei, großer Cäsar, und Narr und Titus sind auch hierfür quitt.“

„Viel verlangst du, Phocas, doch es sei. Nun aber fort aus Roms Mauern, denn die Römer werden dir niemals verzeihen, daß du sie um ein Schauspiel gebracht hast. Mein Wort ist dir verpfändet, nimm hier diesen Ring und meine Schrift, sie werden dir der Jüdin Thor und Kerker öffnen. Fort, fort! Hörst du das Gebrüll der ungeduldigen Menge?"

Phocas zittert, prüfet sorgfältig Ring und Schrift, steckt Beides in seines Gürtels Falten, und eilt durch wohlbekannte Gänge zu des Palastes Hinterpforte hinaus, durch Gärten und über Mauern dem flavischen Theater zu.

Er biegt bald in eine enge Gasse ein, um sich den Weg zu kürzen. In ihrer Mitte fließt der Bach von milchig weißem Wasser, der aus den Häusern links und rechts die Nahrung findet.

Den Walkergraben hat er erreicht. Nicht achtet er der Grüße, die flüchtig ihm aus allen Thüren werden, hat keine Zeit das „Woher? Wohin?" der Walkersfrauen zu beantworten, denn die Sonne wirft schon lange Schatten, und die Jüdin harret seiner.

Ein Zug von rohen Kriegern, Arm in Arm und angetrunken, das enge Gäßchen ganz ausfüllend, kommt ihm entgegen.

Sie schreien, singen und taumeln hin und her.

Phocas drückt sich in eine Thürwölbung, um die Bande vorüberziehen zu lassen. Doch er wird entdeckt, und einer mit dem Milchgesicht ruft:

„Wohin du alte Kröte, was treibst du hier und sperrest uns die Straße?"

„Ach, liebe Herren," erwiedert Phocas, „laßt schnell

mich weiter ziehen; um einer armen Sterbenden beizu=
stehen, nahm ich den Weg."

„Ei was, beim Mars, den Durchlaß mußt du vor=
her zahlen."

„Gern thäte ich es; aber seht, keinen Quadrans
birgt mein Kleid."

Seines Gürtels Falten dreht Phocas nach außen,
da entfällt ihm Titus Ring, an den er nicht gedacht,
und hüpft verrätherisch auf dem Pflaster.

„Beim Stix, er trägt Juwelen auf dem Leibe," so
rufen Alle, „gestohlene Waare. Hinein mit ihm in Frau
Susas Schenke; seine Freiheit hat er verwirkt, er muß
sie abverdienen!"

Den Unglücklichen fassen die Krieger, zerren und
stoßen ihn hinab in die Popina, und binden ihn dort
sitzend an den Pfahl, der das Gebälke stützt.

„Oh, Jezabel!" stöhnt der Arme.

„Jehovah, laß deine Sonne rasten, damit ich mein
Wort erfülle."

Lachend werfen die Soldaten, nach seinem Kopfe
zielend, harte Kupfermünzen hinüber. Sie nennen das
Spiel spottweise Palaria [26]), das Pfahlwerfen; die Münzen
klatschen ihm in das Gesicht, prallen ab an Kopf und
Stirne, und fallen in seinen Schoß. Bald bedecken
Beulen und Wunden seinen Schädel, es bluten Nase
und Mund, die grausamen Zieler sind ermüdet und lösen
seine Banden wieder auf. Der Narr, sich schüttelnd,
sucht das Freie.

Gesicht und Hände wäscht er draußen, knieend im

Walkerbache, die hart verdienten blutigen Münzen reibt er mit dem Daumen im milchigen Wasser rein, und einen schnellen Blick nach der Sonne werfend, eilt er haftig weiter, um sein Befreiungswerk zu vollenden.

Niemand wehrt mehr dem Keuchenden den Weg, denn bis zur Unkenntlichkeit haben die Krieger seinen Kopf zugerichtet. Noch einige Schritte, und erschöpft fällt er vor dem Kerkerthore, dem ersehnten Ziele, nieder.

„Laßt mich ein!" so ruft er, doch die Wache vertritt ihm den Weg.

„Seht hier des Titus Schrift, ich muß zur Jüdin."

Doch unerbittlich bleibt die Wache.

„Was Schrift, ich kann nicht lesen," spricht der Soldat; „haft Du keinen bessern Schlüssel, so magst du umsonst hier stehen."

„Doch doch! des Cäsars Ring!" schreit Phocas, seine Kleider mit beiden Händen durchsuchend. „Ja so, den nahmen mir ja die Krieger im Walkergraben, aber Geld habe ich, Geld, hier nehmt die Münzen, und laßt mich ein."

In der Wache Helm zählt er die hart verdienten Kupferstücke aus Frau Susas Schenke. Die Wache läßt sich rühren, und über Treppen fliegt Phocas abwärts, da die Sonne eben am Horizont verschwindet.

Am Thor zu Jezabels Kerker ruft er in den finstern Raum zwei Mal ihren Namen, doch es hallt keine Antwort zurück. Und immer lauter, immer ängstlicher wiederholt er seinen Anruf, mit ausgestreckten Armen in dem

finstern Gewölbe suchend. Kein Lebenszeichen gibt sich
kund. Er eilt zurück, reißt die qualmende Lampe aus
des Ganges Mauernische, und sucht in allen Winkeln
und auf dem Boden. Sein Blut erstarrt, denn bei der
Lampe Schein sieht er plötzlich zu seinen Füßen das
langgesuchte, schöne Judenweib liegen, um den Hals die
Flechte ihres langen Haares gewunden, das Antlitz
todesbleich, den Mund halb geöffnet, den schönen Körper
starr, von eigener Hand, mit eigenem Haare erwürgt.

Zu spät; vor einigen Augenblicken noch athmete
Jezabel; der letzte Strahl der Sonne durch des Kerkers
Oeffnung sah ihr Leben schwinden.

Des Narren Kniee schlottern, er sinkt hinab zu der
kaum erkalteten Leiche, ihre Stirne küssend.

„Jezabel, beim Gotte unserer Väter, ich vergaß dich
nicht; das Fatum trat mir in den Weg. Verzeih! ver=
zeih! ich bin unschuldig, ich schwöre es dir beim Haupte
deines alten Vaters," so stammelt Phocas, und seine
Thränen perlen auf die Brust der Jüdin.

„Kein Glied meines Körpers, todt oder lebend, soll
dem feigen Domitian zum Opfer werden," so war Je=
zabels letzte Bitte.

Phocas rafft sich schnell auf, trägt aus allen Winkeln
Stroh und dürres Schilf zusammen, reißt die hölzerne Bank
aus ihren Fugen, und auf den so gebauten Scheiterhaufen
legt er der Jüdin Leichnam, bedeckt ihn mit dem schwarzen
Schleier, gießt noch auf ihr Gewand die flüchtigen Oele
ihres Salbenkästchens, welches offen auf dem Boden
lagert, und stellt die rußende Lampe unter den Haufen.

Bald knistert die Flamme in dem trocknen Stroh. Er sinkt zu Boden, ergreift Jezabels blasse Hand, windet die Flechte ihres Haares um sein und ihr Gelenke, während schon das Feuer hell aus dem Haufen empor schlägt.

Draußen tönen Männerschritte. Ein höhnisches Lächeln entfährt seinem Munde: „Wohlan Domitian!" lallt seine trockene Zunge, „wohlan, nun komm' und hole dir die Jüdin!"

Der Brand erfaßt Gewänder und Körper, dicker Qualm erstickt des Armen letzte Seufzer, ein Zucken noch, und das Opfer ist vollbracht.

Noten.

1) Ferula, der Fenchel, den man zu leichten Strafen, als Schlagen auf die Hände, in Schulen anwendete.

2) Cerae, Wachstafeln, auf denen man mit dem stylus schrieb. Sie bestanden aus dünnen mit Wachs überzogenen Platten, ringsum mit einem Rande. Es gab cerae duplices, triplices, quintuplices, je nach der Anzahl dieser Platten.

3) Ballista, eine Belagerungsmaschine, um schwere Steine zu schleudern, von ungewisser Construction. Sie wurde als Feldmaschine von Pferden gezogen; daher auch ihr Name Carroballistä, wie sie auf der Säule des Marc=Aurel abgebildet sind.

4) Domitia, die Frau des Domitian, wurde von ihm verstoßen, weil sie sich in den Schauspieler Paris verliebt hatte. Später zettelte sie ein Complott gegen ihren Gemahl an, und ließ ihn tödten. 96. n. Chr. G.

5) Den Dienst unserer Wäscherinnen versahen damals die Fullones, Walker, die eine sehr wichtige Innung bildeten. Die Zeuge legte man in große Kufen voll Wasser, mit Nitrum und Urin vermischt. Letzteren sammelte man in Gefäßen an den Straßen= ecken. (Mart. VI. 93.) Man trocknete und bleichte dann die Stoffe, indem man sie auf Körben (cavea viminea) aufzog, unter welchen sich ein Topf mit Schwefel befand. Dann hing man dieselben auf, kratzte sie mit Disteln und brachte sie zum Plätten unter die Schraubenpresse, pressorium, bestehend aus der Schraube, cochlea, die auf ein Brett, prelum, drückte, solutis pressoriis vestes diligenter explorat (Seneca).

6) Tunica, ein Unterkleid beider Geschlechter, wie unser Hemd. Die Frauen=Tunica war länger als die der Männer, und durch einen Gürtel unter dem Busen gehalten.

7) Stola war die Staatstunica der Römerinen,

8) Plumatilis, eine in Form von Federn gestickte,

9) Patagiata, mit einem Gold= oder Purpurstreifen vorn, ähnlich dem Clavus der Männer.

10) Indusia, eine Art von Hemden oder vielmehr Kittel, mit kurzen Aermeln, ausschließlich aus der Frauengarderobe.

11) Fascia, eine um die Brust gewundene Binde, die auf bloßer Haut getragen wurde, um dem Ueppigwerden des Busens ent= gegenzuarbeiten.

12) Paragauda, eine Borde, die als Zierath auf die Tunica ge= näht wurde, war erst in der Kaiserzeit statt des Clavus aufge= kommen.

13) Beim Walken der Kleider nahm man später statt Urin, eine in Gallien erfundene Art von Seife, die man mit Gerüchen ver= setzte.

14) Scalprum, ein Trennmesser, deren sich die verschiedenen Hand= werker bedienten, von der Form eines Halbmondes, nach einem in Pompeji gefundenen Originale.

15) Der Webestuhl stand aufrecht, daher die Weberin nicht sitzen konnte. Die Kette, stamen, war am Querbalken, Joch jugum, oder auch am Leinenbaum, insubulum, befestigt. Zwischen den Fäden steckte die Gerte, arundo, welche die Menge derselben in zwei Massen theilte. „Stamen secernit arundo" (Ovid's met. VI. 55). Alle Fäden der einen Masse liefen durch Oesen, licia, die mit dem obern Ende an dem liciatorium befestigt waren; das untere Ende der Kettenfäden wurde alsdann an dem Garnbaum, scapus, befestigt, oder aber in Bündel zusam= men genommen und mit Gewichten, pondus, beschwert.

Trama, ist der hohle Raum, durch welchen der Einschlag, subtemen, mittelst einer Nadel, radius, oder dem Schiffchen, alvéolus, gezogen wurde. Die Kammlade, Schlagbaum, hieß spatha.

16) Vespasianus und Titus hielten einen gemeinschaftlichen Triumph= zug in Rom, bei welchem außer 700 der vornehmsten ge=

fangenen Juden und Jüdinnen auch der Hohepriefter Johannes von Gifchala, nebft feinen Brüdern, und Simon, Sohn des Gioras, gefeffelt aufgeführt wurden. Letterer wurde dann der Sitte gemäß nach dem Triumphe auf dem Capitol mit Ruthen geftrichen und hingerichtet.

17) Calamiftrum, Eifen zum Lockenbrennen.

18) Galerus, Perrücke von künftlichem Haar, auf eine Haut genäht, welche auf den Kopf paßte, und zur Kaiferzeit von Frauen jeglichen Alters getragen wurde. Juv. VI. 120.

Annuli, Haarflechten, wie Ringe um das Hinterhaupt ge= wunden.

19) Tutulus, eine eigenthümliche Haartour, die urfprünglich nur die Flaminica tragen durfte, fpäter aber auch andere Frauen trugen. Man baufchte das Haar mit Bändern hoch auf. Juvenal fagt hierüber: Tot compagibus altum aedificat caput.

20) Titus verlor früh feine erfte Frau Namens Arricibia Tertulla Tochter eines Ritters Tertullus, heirathete dann Marcia aus eblem Gefchlechte, welche er, nachdem fie ihm eine Tochter ge= boren, verließ. Bald nach feiner Ankunft in Judäa verliebte er fich in die fchöne Berenice, Schwefter des Königs Agrippa, mit der er längere Zeit lebte, dann fie aber auch wegfchickte. Berenicem ab urbe dimisit, invitus invitam. Sueton.

21) Das Feuer war ausfchließliches Attribut der römifchen Kaiferinnen.

22) Die Infignien des Pontifex maximus waren: das Simpulum, der securis, apex und das aspergillum.

23) Barbiton, eine Leyer, die mit dem plectrum gefchlagen wurde.

24) Die Villa Domitians lag am rechten Tiberufer auf dem cam- pus Vaticanus,

25) Das Tullianum, ein Gefängniß, hingegen am Fuß des Capitols.

26) Palaria, das Speerwerfen der römifchen Rekruten gegen einen Pfahl, der die Geftalt eines Mannes hatte, als Uebung.

Der Spinnwinkel.

124 n. Chr. G.

Stella. — Aus alten Zeiten. — Sternennacht.

Motto: Non tamen annorum series
non flamma nec ensis.
Ad plenum potuit hoc abo-
lere decus!

14

Stella.

„Kennt ihr den Stern des Esquilins? — Vergönnt sei euch der Blick in das Heiligthum der Schönheit und der Jugend, da wo an schlanken Säulen die Schlingge= wächse ranken, marmorne Delfine feine Wasserfäden spritzen, und im Becken der Piscina Schwalben ihre Flügel netzen.

Das Cavaedium mit seinem geheimnißvollen Dunkel ist euch heute erschlossen, doch tretet leise, denn Stimmen und fröhliches Geplauder aus dem Winkel drüben hallend, verrathen die kleine Schaar der Mädchen, welche gleich harmlos weidenden Rehen, sich ungestörter Freude hin= geben."

Julianna Stella, des Hofes junge Gebieterin, sitzt auf dem Schaukelstuhle, der an Stricken zwischen zwei Säulen schwebt; Rocken und Spindel liegen unten auf dem Marmorboden. Die Arbeit will heute nicht recht munden. Von zwei Dienerinnen gewiegt, den Kopf zurückgeworfen, die Augen halb geschlossen, gibt sie sich lieber angenehmen Träumen hin, während kühlende Lüfte in ihren schwarzen Locken spielen.

In der Halle schwirren die Spindeln der Gespie=

14*

linnen, welche in gewohnter Weise heute ihren Spinn=
winkel aufgesucht haben. Die Rocken stecken im Gürtel,
zarte Finger ziehen Flachs von dem gespaltenen Rohr=
stengel und drehen ihn zu Fäden.

Es neigt sich der Tag, näher an einander rücken
furchtsam die Mädchen, denn das vorspringende Dach
wirft schon langen Schatten, und im Gemäuer keucht die
Schleier=Eule.

Die Tagesneuigkeiten und kleinen Familienereignisse
sind allmälig ausgeplaudert, es stockt die Rede. Stella
springt von der Schaukel, schlingt die Arme um den
Hals der alten Dienerin Valeria, und blickt sie zärt=
lich an.

„Ach! du mußt uns wieder, wie neulich, etwas er=
zählen", spricht sie, der Alten Kinn mit ihrem kleinen
Händchen streichelnd, „wir sind so schön vereint, und
werden, bei Luna! ganz mäuschenstille sitzen."

„Gewiß!" so rufen die Mädchen im Chor, „jedoch
aufregend und schauerlich muß es sein, so von Hexen,
Strygen oder verzauberten Bäumen."

„Nein, nein!" spricht Stella, „das macht mir Angst."
Alle lachen und rufen: „Wer wird sich vor Hexen fürch=
ten, sie leben ja am Meeresstrand, und meiden die
Räume der Penaten."

Valeria gebietet Ruhe; die Mädchen drücken sich
aneinander, legen die Spindeln bei Seite und blicken zur
Erzählerin hinüber.

Julianna Stella zu ihren Füßen, legt das Köpfchen

in den Schooß der Alten und schließt halb die Augen,
während sie mit ihren schönen Zähnen den Halm des
Nardengrases zermalmt.

Aus alten Zeiten.

„Ja, ja! ihr mögt mir es glauben,“ beginnt Valeria,
„es war etwa vor sechszig Jahren, als wir am Feste
der Epulonen auf reichgeschmückten Booten den Tiber
abwärts schwammen. Viel fröhliches Volk, Mädchen
und Männer trugen die Schiffe, man sang und lachte,
denn weder von Spähern, noch von Angebern und Fein=
den umgeben, fühlte man sich im Freien wohler, und
bald kam die Lust und Freude wieder, die man in Rom
vergebens suchte.

Domitius Nero herrschte damals über Stadt und
Land. Welch’ schreckliche Zeiten, Kinder! Verderbt waren
Hof und Volk, geschwunden Ehre und gute Sitten. Kein
Wunder! kam doch das böse Beispiel von oben herab,
und drang verpestend bis in des Bettlers Hütte. Zit=
ternd legte man sich am Abend schlafen, ängstlich wachte
man am Morgen auf, denn Tag und Nacht waren gleich
schrecklich. Rom spottete der Götter und schwelgte in
Lastern und Verbrechen, es floß schuldloses Blut in allen
Winkeln, die Kerker waren überfüllt; unsere heiligen
Tempel leer und einsam, es feierten die Altäre,

desto besuchter erschienen Circus und Theater, wo Men=
schen mit ihresgleichen und mit wilden Thieren gräßliche
Kämpfe aufführten; den Vornehmen zur Lust, dem Volke
zum Zeitvertreib.

Bereits hatten wir die Tiber=Insel mit dem Tem=
pel Aesculap's, Faun's und der Juno, und die Aemilius=
Brücke hinter uns, als plötzlich zu unserer Linken schwarze
Wolken hinter den dichten Häusermassen aufstiegen. Be=
stürzt erhoben wir uns und spähten hinüber. Helle und
immer größer werdende Feuersäulen entströmten dem
Circus Maximus an der Stelle, wo er dem Caelius und
Palatium am nächsten liegt; es tönte zuerst ein dumpfes,
dann immer lauter werdendes Nothgeschrei zu uns her=
über, und wirbelnder Rauch deckte bald den Himmel.

Wir trauten anfangs kaum unsern Blicken, doch
bald sollten wir das Schrecklichste erfahren. Aus den
Straßen und Gäßchen, die auf den Tiber münden, wälz=
ten sich Fluthen von Menschen, wehklagend, hände=
ringend, glühendes Holz und feurige Asche flogen über
Stadt und Fluß.

Der Circus stand in Flammen, es brannten Pala=
tium, Forum und die Piscinen, es rauchten Caelius
und Esquilinus, ganz Rom glich einem Feuermeere.

Die Flammen gewannen in den dichten Häuser=
massen in dem Holz und Gebälke der oberen Stockwerke
furchtbare Nahrung, denn nicht so breit wie heute waren
damals die Straßen, sondern eng und winklig. Ganze
Häuserreihen stürzten zusammen und deckten die gegen=
überliegenden. Ziegel platzten in der Gluth, Steine

sprangen auseinander, und ihre Trümmer flogen umher, nach allen Seiten Verderben bringend. Ein sich erhebender Sturmwind trng die Flammen weiter und immer weiter. Sie leckten an Palästen und Hütten, an Tempeln und Hallen, überall Brennstoff findend. Prasselnd brachen die Dächer in sich zusammen, krachend die Portiken und Säulen, es rollten auf dem Pflaster die von den Giebeln gestürzten Statuen, schmelzende Erzbilder bildeten glühende Bäche.

Alle Straßen waren mit Menschen überfüllt, welche ihre schnell zusammengeraffte Habe und die Penaten auf den Schultern aus den Flammen trugen. Man schrie und weinte, lief nach oben, unten, doch von allen Seiten drängte die Gluth zurück, und sinkende Mauern versperrten die Ausgänge der Straßen.

Die Sacellä der Penaten Roms im Heiligthum der Vesta auf dem Palatium loderten auf; es stürzten die Wände und Giebel des Apollo-Tempels und begruben unter sich heulende Weiber und kreischende Kinder, die in seinem Innern dem Tode zu entrinnen vermeint hatten.

Die Christen — so hieß es — hätten aus Rache die Gluth angefacht, und mit Verzweiflungswuth warf man sich auf die vermeintlichen Urheber, tödtete und mordete Männer und Frauen, denn Christ war schließlich jeder Unbekannte.

Vor dem brennenden Tempel des Jupiter Stator lag die erregte Menge auf den Knieen, wehklagend und jammernd; doch Zeus, dessen Bild die weißgekleideten

Priester aus den Flammen trugen, brachte keine Hülfe.
Gefühl für Verwandtschaft, Liebe und Freundschaft sank;
man tödtete sich gegenseitig mit ausgewühlten Pflaster=
steinen, um sich den Weg zur Rettung zu bahnen;
Mütter warfen ihre Kinder als Sühnopfer in die Flam=
men, um deren Gewalt zu dämpfen, Kranke und Sieche
ließ man an den Straßenecken liegen, um desto schneller
das eigene Leben zu retten.

Den ohnmächtigen Göttern, die noch verschont auf
den Altären thronten, warf man Feuerbrände; die
Reichen, die ihr Gold und ihren Schmuck zu bergen
suchten, stieß man fluchend zu Boden und trat sie mit
Füßen.

Verzweiflungsvoll umstanden die Priester, die mar=
mornen Hallen des Tempels der Isis und Serapis am
Esquilin, die Hände hoch erhoben und Gebete schreiend;
doch, da sie das Unheil nicht zu bannen vermochten, das
von allen Seiten in rasendem Flug sich nahte, stürzten
sie sich in die Flammen, die ihr Heiligthum ergriffen
hatten, und bald deckten brechende Mauern die Götter
sammt ihren Priestern.

Die Nacht trat mit ihren Schrecken ein, blutroth
lichtete sich der Himmel; die sprühenden Feuergarben
glichen Millionen von Sternen, die vom Wind gehoben,
in unabsehbarem Feuerregen zurück in die Ebene fielen.

Die Ara Maxima umstand der brennende Hain
des Herkules, jeder Baum einer glühenden Fackel glei=
chend. Aus den Mauern drang zu dem Altare der
Hülferuf von tausend erstickenden Menschen; es krachte

endlich das Gebäude; ein, gemeinsamer Wehgeschrei er=
füllte die Luft — und still ward es dann im Raume.

Bald sanken die hohen Bögen der Marcia und
Tepula = Aquädukte auf ihrer Unterlage, es sprangen die
Wasserbehälter der Castelle, die Röhren der Brunnen
des Forums, und ein Schrei des Entsetzens, wie er noch
nie vernommen ward, flog über die unglückliche Stadt,
denn Fluthen von mit Asche vermengtem, geschwärztem
Wasser stürzten sich nun die Sacra Via hinab, Alles auf
dem Wege mit sich reißend und zerstörend.

Der Aventinus ragte wie ein schwarzes Ungeheuer
aus der rothen Gluth empor. Im Amphitheater des
Statilius Taurus drängten sich die vom Feuer einge=
schlossenen unglücklichen Bewohner der neunten Region
zusammen. Der Boden der Arena lag hoch aufgefüllt
mit geretteten Hausgeräthen, Bündeln, Gewändern, hastig
zusammengerafften Waaren und Nahrungsmitteln, ge=
hütet von den daneben kauernden, obdachslosen Familien
und Eigenthümern. Doch der immer heftiger werdende
Feuerregen entzündete endlich auch diese Habe, und bald
entquollen Rauch und Flammen den Haufen.

Unter herzzerreißendem Geschrei strömte nun Alles
den Gallerien zu, Männer, Weiber und Kinder er=
kletterten mit verzweifelnder Hast die Stufen des
Theaters, vor dem folgenden Feuer fliehend, bis daß
die Ersten auf den Zinnen angelangt, von den Nach=
kommenden unaufhaltsam gedrängt und ohne Ausweg
den entsetzlichen Sprung nach Außen in die Tiefe
wagten, und an den Vorsprüngen, Karniesen und Sockeln

abprallend, gräßlich verstümmelt auf das Pflaster der Straße niederfielen. Das Gebäude selbst, von der heftigen Gluth gelockert, riß in der zweiten Nacht mitten auseinander, und seine Quader sanken nach links und rechts von ihrer Unterlage.

Nachdem das Feuer auf den Höhen sattsam gewüthet hatte, wälzte es sich wieder in die Ebene hinab; der Portikus des alten Luna=Tempels glich bald einer Feuermauer, die glühenden Säulen spalteten sich, das heilige Bild der Göttin ragte verkohlt aus dem Innern, denn was die Flammen nicht verzehrten, versengte die heiße Gluth.

Viele Tage und Nächte tobte noch der Brand, besonders in den Hallen der Kaufleute und in den verlassenen Werkstätten der Handwerker. Brüllende Stiere und wiehernde Pferde irrten auf den mit Leichen bedeckten, rauchenden Trümmern umher. An Balken und Pfählen angekettet, hingen verstümmelte Christenleiber, Sklaven lagen todt auf den Körpern ihrer gemordeten Herren, Feinde und Freunde in verzweifelnder Umarmung.

Neunmal sahen wir die Sonne sinken und den Tag sich neigen, und immer noch brannten und rauchten die gewaltigen Trümmer zerstörter Herrlichkeit, bis endlich die Flammen nahrungslos am Fuß des Esquilins erstarben.“

———

Sternennacht.

Längst hat Valeria ihre Erzählung beendet; stumm und gedankenvoll sitzen die Mädchen vor ihr, bis daß die inzwischen eingetretene Dunkelheit zum Aufbruch mahnt.

„Gute Nacht Valeria, gute Nacht Stella, mögen die Götter euch beschützen! auf Wiedersehen!" so lauten die Grüße der Scheidenden.

Während die alte Dienerin Rocken und Spindeln sorgsam zusammennimmt, um sie in dem Spinnwinkel bis zum nächsten Stelldichein der jungen Mädchen aufzu= bewahren, und während sie mit dem Tamariskenreiser= Besen die Flocken und Fäden des Ganges zusammen= kehrt, ist Julianna auf die Terasse hinausgetreten. Einen Blick wirft sie hinab auf das geliebte Rom zu ihren Füßen, mit den tausenden von Dächern, Säulen, Tem= peln und Palästen.

Nicht Jahre der Gewalt, nicht Schwert noch Flamme haben vermocht, seine Herrlichkeit ganz zu vernichten.

Zu ihren Füßen erglänzen die vom sanften Schim= mer Lunas beleuchteten Kuppeln der Thermen Titus und Trajans; das flavische Amphitheater ragt ernst aus seiner Umgebung empor und deckt einen Theil des Palatiums mit seinen goldenen Dächern. Links davon erhebt sich stolz der Aventin mit den Heiligthümern der Juno, Minerva und Libertas. Ihr Blick verfolgt die mächtigen Aquädukte, die, schwarzen Schlangen gleich, sich vom Cälius-Hügel hinwärts winden, schweift dann hinüber nach dem Capitol und Forum, über welchen Jupiters mächtiger Adler thront. Im Hintergrund schlängelt sich der Tiber wie ein Silberfaden durch die Häusermassen am Velabrum und bespült des Janiculus jenseitige, waldbegrenzte Höhen.

So weit ihr Auge reicht, das gewaltige ewige Rom, die Weltbeherrscherin.

Julianna träumt, im Anblick des entzückenden Bildes ganz versunken. Die funkelnden Gestirne über ihr wan=dern still ihren Weg und senden milden Schein auf sie herab. Dem wiederholten Rufe der alten Dienerin end=lich ungern folgend, verschwindet sie nun langsam in dem Dunkel des Säulenganges.

Der schönste Stern am römischen Himmel ging für heute unter:

Julianna Stella,

die reizende Tochter Hadrians, des mächtigen Kaisers, der Stern des Esquilins.

Druck von G. Bernstein in Berlin.

Inhalt.